国民阅读文库

彩图版中国历史故事系列
Illustrated Chinese History Stories

上古西周故事

韩震 ◎ 主编

吉林出版集团股份有限公司

图书在版编目(CIP)数据

上古西周故事/韩震主编.—长春:吉林出版集团股份有限公司,2011.1(2024.2 重印)

(国民阅读文库·彩图版中国历史故事系列)

ISBN 978-7-5463-4575-8

Ⅰ.①上… Ⅱ.①韩… Ⅲ.①中国－古代史－西周时代－通俗读物 Ⅳ.①K224.09

中国版本图书馆 CIP 数据核字(2010)第 254734 号

上古西周故事　　韩震　主编

出版策划:崔文辉　　　　特约审稿:尚尔元

选题策划:赵晓星　　　　文字撰写:刘　俏

责任编辑:赵晓星　　　　设计制作:永乐图文

责任校对:于姝姝　　　　插图绘制:永乐图文

出　　版:吉林出版集团股份有限公司
　　　　　(长春市福祉大路 5788 号,邮政编码 130021)

发　　行:吉林出版集团译文图书经营有限公司

电　　话:总编办 0431-81629909　　营销部 0431-81629880/81629881

印　　刷:三河市华阳宏泰纸制品有限公司

开　　本:787mm × 1092mm　1/16

印　　张:10

字　　数:120 千字

版　　次:2011 年 1 月第 1 版

印　　次:2024 年 2 月第 6 次印刷

定　　价:49.80 元

如发现印装质量问题,影响阅读,请与印刷厂联系调换,电话 13313168032

总 序

人们常说开卷有益，因为读书可以让人分享更多的经验、了解更多的知识、感悟更多的情感、领会更多的道理、内化更多的智慧。作为人类进步的阶梯，人类须臾不能离开图书的支撑。

图书的力量是由语言所内涵的经验、知识、思想、文化和智慧构成的。作为万物的灵长，人类命定是与语言联系在一起的。语言是人类精神生存的家园。如果说口头语言扩展了人类交流经验知识的内涵，文字语言却进一步使人类理智具有了超越时空的力量。图书，无论介质怎样，也不管形式如何，都无非是把文字语言加以整理保存下来的形式而已。有了图书，在前人那里或他人那里作为认识结论或终点的知识，都可以成为我们进一步探索的起点。假如没有图书，知识将随着掌握者肉体的死亡而消失；有了图书，所有的知识都可以积累起来，传递下去。

图书所体现的文字语言的力量，是通过阅读形成的。阅读，或同意、或保留、或质疑、或辩驳，都可以激活人们的思想力、想象力、创造力，都可以感染人们的人性情怀和情感世界。文字符号必须通过与鲜活头脑的碰撞，才能擦出思想的火花。只有通过阅读，冰冷的符号才能迸发出智慧的火焰。因此，图书不只是为了珍藏，更是为了人们的阅读。各种媒介的书写——甲骨文、竹简、莎草纸、牛皮卷、石碑、木刻本、铅印本、激光照排、电子版——都须在人们的阅读中，才能发挥传递知识、传承文明、激发智慧的功能。

阅读犹如划破时空边界的闪电，使知识的传递和思想的交流不再限于一定时空体系内面对面的直接的人际交流。在这个意义上，读书已经构成超越时空的力量。

阅读是照亮晦暗不明的历史档案馆的明灯。通过文字的记载、叙述与说明，书籍使人类的知识、思想、情感和文化跨越了历史的长河，形成了文化传承的绵延纽结。通过阅读，我们可以与古代的先哲前贤进行思想对

话。阅读《诗经》，似乎是让我们穿越时空隧道，回到几千年前的远古时期，感悟古代神州各地先民的所求所望；阅读经典，也能够让我们与老子、孔子、庄子、孟子、韩愈、柳宗元、苏轼、朱熹、康有为、梁启超、孙中山等无数先哲对话切磋……

阅读是连通不同文化之间鸿沟的桥梁。通过读书，我们不仅了解了中国古代思想家的理想与追求，还了解了古希腊苏格拉底、柏拉图、亚里士多德等哲学家的关注与思考；通过读书，我们知道了洛克、伏尔泰、狄德罗、卢梭、康德等启蒙思想家的探索与呐喊；通过读书，我们也可以与非洲、拉丁美洲、欧洲的人们一起，对现代世界或感同身受，或看法不一……

阅读关系每个国民的科学素质和文化素养。读书往往决定一个人的文化修养、知识广度和思想境界。阅读，让我们与伟大的心灵对话，与智慧的头脑同行。有了阅读，每个人都可以站在巨人的肩上！阅读，不仅让人有知识，而且有文化；不仅有能力，而且有智慧；不仅有头脑，而且有心灵。所以，人们说，书读多时气自华。在一定意义上说，你阅读什么书，你就是什么人；你的阅读水平，也就是你作为人的生存状态或生存样式。谁阅读的书更多些，谁的知识视阈也就更广阔些；谁阅读的书更多些，谁的精神世界也就更丰富些。

阅读关系一个民族的素质和质量，影响一个国家的前途和命运。如果说一个不读书的民族是没有希望的，那么善于读书、勤于阅读的民族才会有光明的未来。国民阅读能力和阅读水平，在很大程度上决定一个民族的基本素质、创造能力和发展潜力。善于阅读的民族，才能扬弃地继承本民族的优良文化传统，才能批判地吸纳世界各国最优秀的思想成果。一个民族的精神发育史，就是一个民族的阅读史。如果说阅读可以让一个人站在巨人肩上前行，那么一个善于阅读的民族就是站在人类文化成果的最高峰进步。在这个意义上，实现中华民族伟大复兴的愿景就有赖于全体国民的阅读。

历史早已证明：无论是传承传统文化，还是引进外来文化，无论是学习已有的知识，还是探索新的可能，图书都是不可或缺的有效载体或工具。但图书的作用不能仅仅是静静地摆在图书馆的书架上，而是让所有国民有更多的阅读机会。让更多的人有更多的阅读机会，就成为摆在我们面前的愿景。

吉林出版集团推出《国民阅读文库》，可谓应运而生，恰逢其时。这套内容丰富、体系宏大的丛书，面向全体国民一生的阅读需要，以通俗易懂、简洁明快、图文并茂的方式，辅以光盘等现代数字媒介，着眼国民需要，方便大众阅读。其受众对象，从幼儿到老年、从农民到工人、从群众到干部，包括所有群体，无一遗漏；其内容涵盖，从哲学社会科学、自然科学至日常生活、艺术审美、休闲娱乐，无所不包。编辑出版这套丛书，目的就是为了更有效地弘扬中国传统文化的精髓，吸纳全人类优秀文化的精华，传播人类最新知识和思想文化成果。

总之，这套丛书按照系统的整体思想，提出自己的独特出版规划，全面涵盖了读者群体与知识领域；这样的出版规划，旨在为全体公民提供一生的文化营养，构筑新时代国民的精神家园。希望有更多的人，流连于这个知识的海洋，漫步在这块思想的沃土，在这里汲取营养，在这里学习知识，在这里滋润情感，在这里丰富心灵，在这里提升能力，在这里升华理想。

祝愿各位读者与《国民阅读文库》同行，做一个终生阅读者，在阅读中获得快乐，在阅读中得到成长，在阅读中寻找成功，在阅读中度过有意义的人生！

前言

　　中华民族是一个有着五千年历史的文明古国，在漫漫的历史长河中，深深地烙下了自己的印迹。每一个重大的历史事件，每一位英雄伟人，就像是历史长河中的一幅图片，编织着五千年的历史画卷，见证着伟大民族的兴衰历程。

　　少年是国家的栋梁、民族的希望。在竞争激烈的当代，中国能否成为顶尖的世界强国，全在于少年的努力——"少年强则国强"。而历史是少年最好的老师，它像一面镜子映射出中华民族五千年的兴衰荣辱，我想每一个热爱生活的少年，都应该去了解祖国的历史，了解那些惊心动魄的历史画面和叱咤风云的时代缔造者。少年只有了解了中华民族的发展轨迹，才能从前人身上吸取经验和教训，从而更深刻地认识自己，正视现实，展望未来。

　　出于上述的目的，我们编纂了这套丛书。针对少年儿童的阅读兴趣，略去了传统中国通史严肃的叙述方式和枯燥的记叙手法，而选取了历朝历代最具特色的人物及历史事件；用生动的语言，以讲故事的叙事方法，将一个个历史事件娓娓道来。让小读者在阅读故事的同时，不知不觉便了解了中国几千年辉煌的历史。另外，为了消除阅读障碍，我们特别给生僻字标注了拼音；为了扩展知识面，我们特别增加了知识链接的小栏目。

　　读史使人明智，鉴史可知兴衰。到达知识的彼岸，需要我们不懈的努力，"路漫漫其修远兮，吾将上下而求索"，真心地祝愿我们的少年朋友能够在这套丛书中学到知识，增长见识，为中华民族的腾飞贡献自己的力量。

彩图版中国历史故事
ZHONGGUO LISHI GUSHI
上古西周故事

目录

盘古开天地

在几十万年以前,我们的祖先就在远古大地上顽强地生存,他们忍受着多变的气候、饥饿病痛的折磨,同时又无比地崇拜大自然的万事万物,用许多美好的神话传说来解释未知的事情,又过了不知多少年,出现了这样一个神话传说:

相传,整个宇宙最初像一个大鸡蛋,天和地也都没有分开,轻的重的都混合在一起,一切都那么混沌,没有一丝光亮。

在这个看上去毫无生机的"大鸡蛋"中,有一个正在酣睡的巨人,他就是盘古。盘古一直睡了一万八千年,终于有一天他醒了,睁开双眼,却发现周围漆黑一片,什么都看不见。他觉得又闷又热,就拿起斧头和凿子,狠狠地用斧子劈,用凿子凿,过了一阵子,一声巨响,这个"大鸡蛋"终于碎了。只见那些重量很轻又很清澈的东西,慢慢地上升,变成了蓝色的天空,那些又重又浑浊的东西逐渐下降,变成了辽阔的土地,宇宙也不再是原来那样黑暗。

站在天地间的盘古看着眼前的变化,很是高兴,可是他怕天地再合起来,回到原来的样子,于是他就手顶着蓝天,脚踩着大地。天每天都升高一丈,地

也每天增厚一丈，而他也随着天地的变化每天长高一丈，他就像一个巨大的柱子，支撑在天地间，这样的日子又过了一万八千年。天越来越高，地也越来越厚，盘古的身体也巨大无比，竟有九万里那么高。他一呼吸，就形成了风雨；吹一口气，就电闪雷鸣；当他睁开双眼的时候，就是白天；闭上双眼，就是黑夜。

终于有一天，天不再升高，地也不再增厚，在盘古的努力下，天地终于不会重新合拢了，可是盘古却筋疲力尽，再也没有力气支撑在天地间，他抬头看看天，低头俯视着大地，微笑着倒了下去。

盘古临死的时候，他的身体也发生了变化。他那微弱的气息变成了风和云；他的声音变成了阵阵雷霆；他的左眼变成了太阳，东升西落，光芒万丈，普照大地；他的右眼变成了月亮，夜晚的时候也能有一丝光亮；他的头发和胡须变成了星星，点缀着夜空；他的四肢变成了东、西、南、北四极；身体变成了五座大山，雄伟高大；他的血液变成了江河，滚滚奔流；他的筋脉变成了道路，纵横交错；他的肌肉变成了田野沃土，一望无垠；皮肤和汗毛变成了土地上的草木，繁茂生长；他的牙齿和骨头变成了矿石，有的坚硬无比，有的闪闪发光；他的骨髓变成了珠玉，精美绝伦；他的汗水变成了雨露，滋养着大地。

盘古开天辟地，又把自己的身体变成世界万物，从此以后，在远古大地上，一派生机勃勃的景象出现了。

古 人 的 计 量 单 位

丈，是我国传统的长度单位。除了丈，传统长度单位还有很多，寻、仞、寸、扶、咫、尺、蹠、步、常、矢、筵、几、轨、雉、里、毫、厘……比较常用的有里、尺、寸、分、厘、毫等。1里等于150丈，1丈等于10尺，1尺等于10寸，1寸等于10分，1分等于10厘，1厘等于10毫，1毫等于10丝，1丝等于10忽。这里的分、厘、毫和我们今天常用的分米、厘米、毫米可不一样，1寸等于3.33厘米。

女娲造人

扫码查看
☑ 中华故事
☑ 典故趣闻
☑ 能力测评
☑ 学习工具

盘古死后身体化为日月星辰、山川树木，后来残留在天地间的浊气又逐渐形成了鱼虫鸟兽，它们自由自在地生活在茫茫原野上。白天，太阳温暖着大地；夜晚，月亮和星星点缀着天空；有时候雷声阵阵，随后雨水就滋润着原野。那高山，连绵不断，有几万里那么长，山上满是各种树木，开花结果，许多动物在山里跑来跑去，以吃这些果实为生；那江河，时而汹涌奔腾，时而缓缓流动，生活在水里的大大小小的鱼儿，游泳嬉戏，好不快活；那蓝蓝的天空，飞翔着不下百种美丽的鸟儿，它们有时会停下来，炫耀着自己美丽的羽毛和婉转的歌喉。

有一天，一位女神来到了这个充满生机的世界，她就是女娲。女娲见这里景色优美，十分开心，就在山水之间来回行走，久久不愿离去。可是时间长了，她觉得有些寂寞，这世界上只有自己，有什么意思呢？山川草木，只知道不停地生长，毫无感情，那些鱼虫鸟兽虽然很有活力，可也听不懂自己的话语。哎！要是有一种生物，和自己一样会说话，会走路，有思想，那该有多好啊！

女娲孤孤单单地坐在河边，河里的鱼儿就在她眼前游来游去，相互追逐嬉戏，可她看也不想看，只是对着河水中自己的倒影发呆。突然，她灵光一现，有办法了！按照自己的模样造一个东西不就行了吗！

说做就做，女娲很开心地取来河里的水，把岸上的泥土和成泥团，然后就专心致志地按照自己的模样捏了起来。她一边捏一边想，给造出来的东西起个什么名字呢？就叫"人"吧。

一会儿工夫女娲就捏好了一个小泥人，只见那小泥人栩栩如生，活灵活现，十分可爱。她把小泥人放在地上，神奇的事情出现了，原本不会动的泥人，马上就活了起来。这小人儿手脚灵活，双眼还眨啊眨的，别提多有趣了，更神奇的事还在后面，他不但能明白女娲讲的话，还能和女娲一样说话。这一神一人两个有说有笑的，别提多开心了。

过了一会儿，女娲又觉得现在只有一个人，如果自己离开了之后，这个人不是更孤单吗？再多创造一些人吧，让他们遍布大地，这样不管到了什么地方，都能有人出现。她又拿起泥土开始捏了起来。而她刚刚造好的那个小人儿，就在她的身后专心致志地看着。她不停地捏啊捏，捏了一个又一个，甚至忘了休息。这些捏好的泥人，一放到地上，也都活了起来，他们看着周围那陌生的世界，叽叽喳喳地说着笑着，他们中有的人留在女娲身边，有的人成群结队地向四周走去。

女娲捏了很久，当她停下来看看自己的成果的时候，才发现双手都已经累酸了。什么时候才能造出想要的那么多人呢？她无奈地折下身边的一根藤条，蘸(zhàn)上泥浆，随手一甩，地上就出现了点点的泥浆。让她没想到的是，这点点泥浆，也变成了一个个的小人儿。这可真让她兴奋，这么一来，很快不就能造出很多人来了

吗！她拿着藤条，越甩越来劲儿，没多久，大地上就出现了许多人。这些人有的高些，有的矮些，有的胖些，有的瘦些，有的长相一般，有的天生俊美，就连性格也都各不一样，这时候，世界才真正热闹起来。女娲看着自己造出来的人类，总算是满意了。

过了些年，女娲想看看人类生活得怎么样了，就又来到了这片土地上。她走啊走，却发现方圆几里都见不到一个人，这可真是奇怪，人们都到哪里去了呢？带着满脑子的疑问，她继续前行，终于看到远处有一小群人，她赶紧过去看看，却发现这些人有的老得白了头发，掉了牙齿；有的身体还算硬朗，也是满脸的皱纹。原来自己造出来的这些人，和世间的万事万物一样，在成长的过程中也伴随着衰老和伤病，之前的那些人有很多已经死去了，难怪人越来越少了。

这怎么办呢？总不能自己每过一段时间就来造人啊，她看到远处的鸟兽，心里有了主意。那些鸟兽雌雄生活在一起，哺育幼子，人类也可以按照这样的办法生生不息啊！于是她又教会了人类如何繁衍后代，让男人和女人到了一定的年纪就组建成家庭，养育子女。

人类就这样一代一代地繁衍生息，大家也都没有忘了女娲，就把她造人的故事一代代地流传了下来。

"人日子"的由来

我国古代关于女娲造人有不同的说法，其中有一种说法是女娲从正月初一到初六，相继造出鸡、狗、猪、羊、牛、马，初七才造出人。于是人们把每年的正月初七都当作一个节日，俗称"人日子"。这一天，民间不少地方还有吃面条的习俗，用面条缠住小孩儿的双腿，取长寿之意。有些地方把正月十七和正月二十七也当作"人日子"，正月初七、十七、二十七这三天分别为小孩儿、大人和老人的"日子"，谁要过"日子"就要吃面条。

女娲补天

盘古开天辟地，女娲又创造了人类，人们就在这片广阔的土地上繁衍生息，大地一派欣欣向荣的景象。由于女娲的功劳很大，她也成为了众神的首领，掌管一切事务。

可是好景不长，水神共工不服气，挑起战争，他兴风作浪，引发洪水。眼看人类就要遭受劫难，女娲不忍，就派火神祝融和水神共工决战。

二神斗得昏天黑地，殊死搏斗之后，水神共工逐渐敌不过火神祝融，败下阵来。恼羞成怒的共工不甘心，一头撞向擎天的柱子，柱子禁不住撞，断成两截，伴随着一声惊天动地的巨响，天崩地裂，天塌了下来，露出个大大的窟窿。

天塌之后，洪水泛滥不止，生活在平原上的人们来不及逃跑，大多被洪水吞噬(shì)了生命。人们没有办法对付这突如其来的大洪水，幸存的人只好往山上逃去。刚刚走到山脚下，还没等上山，又遇到了灾难，由于天塌了又引起了火山喷发，火势迅速蔓延，怎么也扑不灭，被这大火烧死的人也是不计其数。又不知从哪里出现了一条黑龙残害生灵，还有一种猛禽，专门吞食老弱病残。人类真是逃也没法逃，去也没处去，曾经的乐土顷刻间就变成了地狱一般。

女娲看在眼里，急在心里。要解决现在的问题，最根本的解决方法就是把天塌下来形成的大窟窿堵上，要堵天，就需要炼制补天用的石头，这可不是一件简单的事情啊！女娲下定决心，一定要拯救世间万物，不管多么困难，也不放弃这个想法。

为了寻找最适合炼石的地方，女娲不辞辛苦，走遍了群山，终于找到了一座大山。这座大山就是天台山，这天台山的山顶十分宽广，实在是炼石的理想

之处。她忘了连日来的辛苦，开始炼
石，她想了很多办法，都炼不出自己满
意的石头。九九八十一天之后，
她终于炼成了一块五色的巨
石。这块巨石有 24 丈那么
宽，12 丈那么厚。女娲看了
看天上的窟窿的大小，
再看看身边的巨石，还
需要很多巨石啊。于
是她就按照炼第一
块石头的办法，开
始炼制其他的巨石。

　　女娲炼成了 36500 块
大大的五色石，再加上原
来的那一块，一共是 36501
块。她想，这些应该够用了。
来不及休息，女娲就开始用
五色巨石堵天上的大窟窿，
她夜以继日，不辞劳苦，终
于把天补好了，补天用的石
头也只剩了一块。

　　看着重补好的苍天，女娲
心里很是高兴。天是修补好
了，可是当初被撞断的那根天柱

却不能复原，有半边的天是倾斜的，万一这半边天再塌下来，人类不是又要遭受劫难了吗？她正心急如焚的时候，一只巨鳌（áo）爬了过来，来到她的身边，向她点头示意之后，就老老实实地趴在地上。这不是支撑天台山的那只巨鳌吗？她明白了，原来这只巨鳌也有灵性，它想要用自己的脚来支撑苍天。她立刻斩断了巨鳌的四脚，把它们分别放在东南西北四个极点，只见这四只脚落地之后，就变成了四根天柱，把倾斜的天支撑了起来。

补好的天，又有了柱子支撑，再也不会塌下来了，女娲又开始收拾灾难造成的残局。她先擒杀了残害人类的黑龙，又收集了大量的芦苇，将它们烧成芦灰，把四处流淌的洪水堵住，止住了洪水之后，她又熄灭了熊熊烈火。天台山由于没有了巨鳌的支撑，很不安稳，女娲就用神力把它移到了东海边上，完成了所有的事之后，这才坐下来休息。这时候，太阳出来了，天空出现一条彩色的带子，十分美丽，这不就是五色石发出的光芒吗？后来人们管这彩色的带子叫彩虹，每当雨过天晴，彩虹都会出现在天边。

幸存的人们聚集到了一起，他们载歌载舞，庆祝灾难的结束。他们拿起工具，重新开始修建家园，人们又过上了太平的日子。女娲为人类做了一件大事，为了纪念她，人们就在她炼石的天台山脚下修建了女娲庙，世世代代供奉她，就是到了现在，人们登上天台山，还能看见女娲补天时候的补天台呢。

五 色 石 与《红 楼 梦》

女娲补天的时候，剩下了一块五色石，遗留在天台山中汤谷的山顶上。清代小说家曹雪芹在创作《红楼梦》这部小说时，又赋予了这块石头浪漫的色彩。小说里写道剩下的这块石头自经煅炼之后，灵性已通，见在补天时众石都被用上，只有自己没有被用上，就自怨自叹。后来被僧人施展法术，变成一块扇坠大小的美玉，又刻上"莫失莫忘，仙寿恒昌"八个字，等到荣国府的贾宝玉出生时，嘴里就衔着这块"通灵宝玉"。

精卫填海

在遥远的东海上，狂风大作，波涛汹涌，海水无情地拍打着岸边的礁石，礁石没有办法回击，只能无助地任凭海水拍打，海水洋洋得意，似乎在咆哮着说："这世间，只有我的力量最强大！"

远处飞来一只小鸟，嘴里衔着一根小树枝，顶着呼啸的海风，飞向东海的中央。它松开洁白的小嘴儿，把树枝扔向海里，然后又快速地飞走了。过了一段时间，它又从远方飞了回来，不过这一次，它叼的是一块小石子儿。还是在海中央，它把小石子儿扔到了海里，小石子儿进入海里的一瞬间，激起了一朵小小的水花。水花和那海浪比起来，实在是太渺小了，很快就消失得无影无踪。

大海发现了这只小鸟，就卷起一朵大大的海浪，嘲笑小鸟道："这么久了，你还没有放弃吗？你没看见吗？你的那些小树枝小石子儿，根本不能把我怎么样，不过就像给我轻轻地挠了挠痒痒而已，哈哈哈哈！"

小鸟倔强地看看大海，又飞向了远方。

这小鸟究竟是什么鸟？它为什么要这样做呢？它和东海到底有什么仇恨？

原来，在遥远的古代，姜水流域生活着一个部落，这个部落的首领是炎帝，炎帝带领着族人辛勤耕作，建设家园，人们都很爱戴他。炎帝有个小女儿，名字叫作女娃，女娃很漂亮，活泼可爱，嘴巴很甜，总是逗得大人们哈哈大笑。她有时候性格像个小男孩，十分淘气，就是炎帝也拿她没有办法，谁叫她惹人疼爱呢。

炎帝每天都要处理许多事情，经常在外面走动，有一天，炎帝又要出门了，女娃也想跟着父亲一起去见世面，她就对炎帝说："父亲，我也想和您一起出

去，您带着我一起去吧！"

炎帝觉得女娲年纪还太小，就对女娲说："乖女儿，等你长大了我就带你出去，现在你就好好待在家里，和母亲兄弟一起学习本领。"

女娲见父亲不答应，只好打消了和父亲一同出去的念头。炎帝走后，她偷偷地跑出去玩，走着走着，就到了东海。站在海边，她惊叹着海水的宽广，多漂亮的地方啊，这里可比姜水要宽阔多了。

女娲试着走进海里，她看见海里还有许多五颜六色的小鱼，它们成群结队地游来游去，别提多开心了。她连续几天，都偷偷地来到东海，可她并不知道，死亡已经来到了她的身边。

这一天，女娲早早地来到了海边，海边和往常好像不太一样，风比较大。可是胆子向来很大的她并不介意，一个人在东海里游啊游，游到高兴的时候，还在海里翻了两个跟头。没过多久，风越来越大，卷起的海浪有几丈高，海浪把女娲高高托起，又狠狠地摔下。她就像东海的一个玩偶一样，被它抛来抛去，她用力要把海浪推开，海浪却将她吞噬了。没多久，女娲再也没有力气挣扎了。

女娲在临死之前，立下一个誓言："假如我还活着，我一定把东海填平！"

后来在女娲死的地方，出现了一只小鸟，长得像乌鸦，两只小脚红彤彤的，头顶有彩色的花纹，嘴巴是白色的，它的叫声也很特别，一直发出"精……卫……"的声音。这只鸟就是死去的女娲变化的，它在海面

上盘旋了一段时间，就飞走了。它不知疲倦地飞啊飞，一直飞回到炎帝的部落。

炎帝回到家之后，发现女儿不见了，四处寻找，当他的得知心爱的女儿在东海溺水而死时，十分悲痛。就在这时，小鸟落在了炎帝的身边，朝着他一阵鸣叫，小小的眼睛里流露出哀伤。炎帝看到小鸟，不禁流出泪水，这一定是我的小女儿变化的啊。他对着小鸟唱道：

"精卫一叫，天地都动容啊！

山林苍翠啊，人已变鱼鸟！

小女儿不能再叫我啦，真伤心啊！

海水为什么不平静呢，波涛汹涌啊！

但愿子孙后代啊，别去海里啊！

愿我的子民啊，永远安居在陆地上啊！"

由于这只小鸟叫声特殊，人们就叫它精卫鸟。精卫鸟没有忘了要把东海填平的誓言，就来到发鸠山上，采集山上的树枝和石子，不停地往东海里填，日复一日，年复一年。人们很同情它，也很钦佩它，又叫它"冤禽"、"誓鸟"、"志鸟"，由于它是炎帝女儿变化的，又叫它"帝女雀"。

顾炎武的精卫精神

明末清初的思想家、文学家顾炎武一生忠君爱国，为精卫填海的故事写了一首诗："万事有不平，尔何空自苦？长将一寸身，衔木到终古。我愿平东海，身沉心不改。大海无平期，我心无绝时。呜呼！君不见西山衔木众鸟多，鹊来燕去自成窠！"他还把自己比喻为精卫鸟，决心像精卫鸟一样，锲而不舍，实现自己反清复明和为天下苍生谋福的壮志。

夸父逐日

在遥远的古代，有一座很高大的山，这就是成都载天山。山里有一个被称为夸父族的部族，他们已经在这里生活了很久了，他们的首领叫夸父。

相传夸父是共工的后代，他身材高大，力大无穷。作为首领，他经常带领族人们出去打猎，每一次他都能收获很多猎物。有一天早上，他照例带着几个人去山里找寻猎物，他走在最前面，没走多远，就听见后面有人惊叫。他回头一看，原来是随行的一个人不小心踩到了草丛里的蛇，那蛇受到惊吓，本能地要攻击踩它的人。这蛇全身布满了金黄色的鳞片，因此人们都叫它为黄蛇。别看黄蛇个头不大，可毒性却不小，一旦被它咬到，过不了多久就会中毒身亡，无药可医。那个惊叫的随从已经吓得不会走路了，就在这紧急关头，夸父几步就跑到了随从身边，推开了那个随从。

这时候，不知道从哪里又爬来一条黄蛇，两条黄蛇一左一右，伸着脖子，吐着舌芯，狠狠地盯着夸父，丝毫没有把这个巨人放在眼里，随时准备攻击。面对两条黄蛇，夸父却一点都不怕，他躬下身子，张开双臂，和两条黄蛇周旋。突然，他快速地跳到两条蛇背后，趁两条蛇不注意，两手同时出击，抓住了它们。那黄蛇已经没有反抗的能力，它们的头都被夸父捏碎了。夸父用这两条蛇做了耳环挂在自己的耳朵上，好不威风！

因为日复一日，年复一年地狩猎，他们生活的地区已经没有更多的猎物，虽然他们也种植粮食，可是远远不够用。族人们即将面临挨饿的局面，尤其是到了冬天，天寒地冻，日子就更难熬了。夸父为了这件事，日思夜想，却没有头绪。

这一天，天气很好，消失了几天的太阳终于出来了，阳光还有点刺眼睛。

夸父躺在草地上，眯着眼睛，看着太阳，脑子里想的还是解决食物的问题。突然他想如果把太阳捉住，让它多照射我们这里，赶走冬天，那人们的生活就好过多啦。可是，要怎么样才能捉到太阳呢？夸父认为太阳东升西落，在它落下的地方，一定能捉住它。

他和族人们说了自己的想法，族人们纷纷反对，有一个年纪比较大的人对他说："我活了这么大的年纪，还没有听谁说过要去捉太阳，也没有听说过谁捉到过太阳啊！您还是不要去了吧。"

夸父摇了摇头，那两个黄蛇耳环晃来晃去的，他说："我已经下定决心了，我有的是力气，跑得也快，很快太阳就会被我捉回来了，你们等着我回来吧。"说完，夸父心里怀着坚定的信念朝着西方跑去。

太阳在天上转动，夸父就在地上奔跑。跨过了一座座高山，穿过了一条条大河，他每跑一天，都觉得好像离太阳更近了一些。饿了，他就采集身边的野果；渴了，他就在经过的河边喝足水；累了，就停下来打个盹儿，不敢睡实了。

越往西面走，越能感受到太阳的温度，夸父看到有些地方甚至被太阳烤得寸草不生，土壤都变得干巴巴的。他十分高兴，认为就快要追上太阳了，在太阳落山的隅谷，一定可以捉住它。于是加紧脚步，继续追着太阳跑。

太阳光越来越毒辣，夸父感到十分口渴，他的皮肤也被太阳烤得脱了几层皮，疼痛难忍。他大口大口地喘着气，那滚烫的空气像是要点燃他的口腔一般。他赶紧来到黄河边，跳到河里，真凉爽啊，他猛喝河里的水，怎么喝都喝不够。河里的水被他喝光之后，他还是觉得口渴，于是又来到渭河，很快，渭河的水也被他喝干了，可他依然口干舌燥，难以忍受。于是他想要到北部的一个大湖里去喝水，等喝饱了水，就到隅谷捉太阳。

可由于长期不停地奔跑，夸父的身体再也支撑不住了，还没等跑到大湖，就慢慢地倒了下去，心有不甘地死去了。临死前，他还惦记着自己的族人，他把他的手杖朝着家乡的方向扔去，那手杖刚一落地就变成了大片的桃林，绵延数千里。这片桃林每棵树都结满了桃子，为后人充饥止渴，人们都叫这片桃林为桃林寨。而他的尸体化成一座大山，为经过的人遮风挡雨，人们又叫它夸父山。

有人说夸父逐日是不自量力，也有人说他这样做是有理想、有志气。

夸父死后，他的后代子孙来到夸父山下，生儿育女，繁衍后代，幸福地生活着。

氏族

在原始社会，有着相同血缘关系的人，组成社会群体，这就是氏族。氏族成员的地位是平等的，他们集体劳动，共享财产，由氏族首领管理公共事务，重大事务由氏族成员组成的氏族会议决定。最初，氏族是母系氏族社会，孩子不知父亲是谁，只知道母亲是谁。妇女经营农业，管理家务，财物归母系血缘亲族继承。随着社会的发展，男子在经济生活中逐渐处于支配地位，财物改由父系血缘亲族继承，母系制被父系制所代替。

后羿射日

传说远古的时候，天上曾经出现过十个太阳，它们就像十个巨大无比的火球一样，散发巨大的能量，炙烤着大地。

这十个太阳是从哪里来的呢？原来东方神帝俊和她的妻子太阳神羲和共生了十个孩子，每个孩子都是一个太阳。每天它们其中的一个会坐神车遨游在天上，照耀着大地，给人间带来温暖和光明，其他九个则变成三足鸟，栖息在东方扶桑岛的一棵神树上面。在羲和的管理下，十个太阳轮流上天，十分有秩序。

哥儿几个感情很好，又都爱凑热闹，它们想如果能一起上天去玩，俯视世间的一切，那多有意思啊。可是母亲看得紧，一直都没有机会。这一天兄弟十人商量好趁着母亲不注意，一起藏在了上天的车里，于是第二天天上就出现了十个太阳。它们在天上一会儿排成一条直线，一会儿相互追逐嬉戏，玩得不亦乐乎，再也不想单独出来了。

可是人间怎么能受得了呢？就见那土地被晒得裂开了缝，一道道裂缝就像无数张干渴的嘴巴一样。土地上的植物失去了水分，干巴巴地躺在地上，有些地方陆续燃起了大火，大火迅速蔓延，把植物烧成灰烬，动物烧成焦炭。森林里的野兽来到人类居住的地方，它们又饥又渴，就把人类当作食物。不久，江河湖海陆续干涸，水里的小鱼都被渴死，而一些大的怪兽能离开水，来到陆地上生活，它们也把人类当作美食，毫不客气地享用。

最悲惨的就是生活在这片土地上的人了，没有了粮食，没有了水，还有可能成为野兽的食物，饿死的、渴死的、病死的、晒死的、被咬死的人不计其数。

人们无法忍受如此的煎熬，就祈求东方神帝俊，希望他能帮助人类结束这

场浩劫。

东方神帝俊听说自己的儿子在胡闹，很是生气，他就派手下的神射手羿下凡，帮助人类消灭那些野兽，顺便教育教育这十个儿子，不许他们一起上天危害人间。

羿带着东方神帝俊赐的一张红色的弓、一袋白色的箭，来到人间。别看他年纪轻轻，身手却很了得，人们看到羿的到来很高兴，连忙带着羿来到野兽经常出没的地方。面对凶猛的野兽，他毫不畏惧，没过多久他就用神箭射死了各地的猛兽，解决了人们面临的一部分灾难。

不过人们面对的又何止是这些怪兽呢？那十个太阳还在天上不肯下来啊。

羿劝对那十个太阳说："你们的父亲让我传达他的旨意，让你们赶快下来，回到你们该回的地方。"

那十个太阳笑嘻嘻地对羿说："我们兄弟从来都没有在一起玩过，现在这么开心，你却让我们分开，不是太不讲情理了？等我们玩够了，自然就回去了。"

羿忍着怒火对他们说："你们在天上快活，可是大地上生灵涂炭，灾祸横生，你们的父母都是天神，他们的颜面放在哪里呢？"

"哼！你不过是我父亲手下小小的侍卫，也敢来教训我们！看我们怎么收拾你！"其中的一个太阳一脸不屑地说道。紧接着，那十个太阳紧紧抱在一起，形成了一个巨大的火球，发出更大的热量。

一阵奇热无比的热浪打在羿的身上，他回过头去看身后的树木，它们早已化成灰烬。他愤怒了，找了一个背阴之处，拉弓搭箭，一切准备好之后，羿忍着暴晒的痛苦，又回到太阳底下。嗖！一支神箭射了出去，落下了一个太阳，那太阳现出了三足鸟的原形，死去了。嗖！嗖！又落下两个太阳，他一口气连发九箭，箭箭射中，天上只剩下一个太阳。天地间又恢复到了原来的温度，人们聚集到一起，欢呼雀跃。

当羿打算再次射箭的时候，人类的一个首领出来阻止他说："快停下吧，这可是最后一个太阳了，如果没有了他，那人间就要变成黑暗的世界了。"

羿想想也对，那就留下一个太阳吧。可是这最后一个太阳，被兄弟们的死吓破了胆子，躲到东海里，一连几天都不肯出来。

人们又祭祀祈求太阳神羲和，希望太阳能再次出来。

羲和忍着丧子之痛，对最后一个太阳儿子好说好商量，它才出来，坐着神车来到了天上。人们看到一轮红日从东海升起，高兴得手舞足蹈，齐声欢呼。

从此以后，天上就这一个太阳了，万物复苏，大地又是一片欢乐祥和的景象。

羿 的 其 他 传 说

传说羿消灭了六种猛兽，它们分别是凿齿（传说中居住在我国南部沼泽地带的怪兽或巨人，长有像凿子一样的长牙，这对长牙从他的下巴穿出）、九婴（一种怪兽，能吐水喷火，叫声像婴儿在哭）、大风（一种很凶猛的鸟）、猰貐（yà yǔ，一种形状像牛，红身，人脸，马足，叫声如同婴儿啼哭的猛兽）、修蛇（传说洞庭湖的一种巨蛇，长180米）、封豨（xī，一种凶猛的大野猪）。

嫦娥奔月

云母屏风烛影深，长河渐落晓星沉。
嫦娥应悔偷灵药，碧海青天夜夜心。

这是唐代诗人李商隐的七言绝句《嫦娥》，诗里描写了月宫里面一个美貌的仙子，她就是嫦娥。

皎洁的明月点缀在夜空中，尤其是月圆之夜，是那样美丽，令人神往。古时候人们对月亮充满了好奇，他们认为如此美好的月亮上一定有一座宫殿，宫殿里一定住着一位美丽非凡的仙女，于是就有了嫦娥奔月的故事，并一代一代地流传了下来。故事有很多不同的说法，但是唯一不变的就是嫦娥偷吃了丈夫羿的长生不老药，飞到了月亮之上。

话说羿射下天上的九个太阳，拯救了人类，可是却得罪了东方神帝俊，那九个太阳可都是东方神帝俊的儿子啊。东方神一怒之下把羿贬到了凡间，他的妻子嫦娥也被连累一同来到了凡间。

他们二人隐居在山林里，每天羿出门打猎捕鱼，嫦娥在家里生火做饭，日子过得虽然平平淡淡，可也无拘无束，轻松自在。

有一次，羿又出门打猎去了，这一趟，他走得很是遥远，一直走到了西边的昆仑山。他早就听说女神西王母有一种长生不老药，希望这次上山能得到它。到了昆仑山之后，他马上去拜见了西王母，西王母热情地款待了他。西王母得知羿因射日被贬的事情之后，很是同情，她对羿说："我这确实有一颗能令人长生不老的灵药，凡人只需吃一颗，就能飞升上天。你们夫妇二人每人吃半颗,就能长生不老,你为天下苍生立了大功,现在我就把灵药送给你。"说完就命人取来一颗灵药送给羿,羿很恭敬地接过了灵药,再三拜谢,才离开了昆仑山。

羿回到家中,嫦娥看见丈夫风尘仆仆地回来,就问道:"这一次打猎走了很远的路吗?一定很累了吧?"

羿笑着对嫦娥说:"不累,这一次是走得远些,我一直走到了昆仑山,那里的西王母送我一颗长生不老的灵药。这药吃下一颗就能成仙,只要我们每人吃半颗,便可长生不老。你先把药收好,等过几日我们便把它分吃了,在这人间做一对长生不老的夫妻,不也和神仙一样吗!"嫦娥听了连连点头,她把药放好之后就去为羿准备饭菜了。

第二天,后羿又出去打猎,早早地就出门了。嫦娥料理好家中事务之后,就坐下来休息。她看着茂密的山林和自己简陋的小屋,回想起过去在天界,那是何等的美好。她多希望以后还有那样美好的生活啊。这时候她想起羿说的那颗灵药,昨夜都没有好好瞧瞧那药是个什么样子。想罢就拿出药来,仔细观看,看了半天,觉得这药的模样和一般的药丸没什么区别,她把药丸放在鼻前闻了闻,味道也没有什么特殊之处。她心中不免有些好奇:这样平凡的一颗药丸能让人长生不老吗?她小

心翼翼地把药放了回去，可是没过多久，她又拿出来看，整个一个下午，不知看了几次，满脑子想的都是这件事。后来她再把药拿出来的时候，心想：我先尝尝这药的味道。于是她就用舌头舔了舔那药丸，谁知一不小心竟然吞到了肚子里。

这可如何是好，羿还没有吃到这药呢？正着急的时候，嫦娥却觉得自己的身体越来越轻，越来越轻，竟然飞了起来。她控制不住自己的身体，越飞越高，怎么停也停不下来，她低下头看着下面，她的家已经小到看不到了。

就这样，嫦娥飞啊飞，她不敢飞回天界，于是一直飞到了月亮上，成为月亮上的仙子。

傍晚的时候羿回到家中，不见妻子嫦娥，又发现桌子上放药的匣子也已经是空空的了，他知道嫦娥吃了灵药，再也不能回来，伤心欲绝。这时候他看见天空一轮明月出现，比往常都要明亮，他心想：难道你已经飞上天去，到了月亮上了吗？我不怪你，当初，你也是因为被我连累，才被贬下凡间，只是从此以后，我们再也不能见面，再也不能过上团圆的日子了。

嫦娥独自一个人住在月亮上，这月亮上有座宫殿，叫广寒宫，终日冷冷清清，她很是后悔当初偷偷把灵药吃掉，她多希望有一天还能和后羿团圆啊！

中 秋 节 的 由 来

农历每个月初十五那天，月亮看上去都很圆，高高地挂在天上。古人有祭月的习俗，古代帝王祭月的日期为农历的八月十五，这一天正好是三秋之半，所以也叫"中秋节"。人们拿出圆圆的点心作为祭月的供品，这种圆圆的点心经过长期的发展，就演变成了今天的月饼。后来，月饼也逐渐由供品变成了食物，象征着团团圆圆，现在中秋节这一天人们都要吃月饼以示"团圆"。

有巢氏构木为巢

当我们在温暖的房间里读书写字、在软绵绵的床上进入梦乡的时候，我们很难想象在遥远的古代，我们的祖先们是如何生活的？他们在哪里睡觉呢？到底是谁让人类有了房子住？

上古的时候，我们的祖先在中华大地上一代一代繁衍生息，生老病死，循环往复。大自然赐予我们的阳光是那么温暖，树上的果实是那么可口，甘甜的泉水长流不息……然而，大自然带给人们更多的是恶劣的自然环境，风霜雨雪、雷鸣闪电、毒虫猛兽不断地威胁着人们的生命安全。

为了生存，人们日出而作，日落而息，找个安全的地方安顿下来是人们心中的大问题，休息好了才能有更好的精力去劳作。可是那时候不要说高楼大厦，就是连小小的茅草屋都没有，我们的祖先最初只是居住在地面上，以天为被，以地为席。后来人们发现睡在干草上又软又暖和，舒服极了，于是每当夜幕降临的时候，大人们就往地上铺点干草，让小孩子睡在上面，这就是最原始的床了。有时候男人们打猎归来，女人们将猎物的皮剥下来，缝补在一起，就成了最保暖的被子。这样的床铺虽然简陋，却也能给人们带来温暖。不过这种好日子并不

常有,只有晴天的时候,人们才能享受到这种温暖,一旦下雨下雪就不好受了。雨雪来临的时候,地面又潮又湿,人们经常因寒冷而生病,饱受病痛的折磨,很多人就这样生病死去了。风雪对于人们来说,还不算什么,更要命的是,每到夜晚,那些白天睡觉的猛兽成群结队地跑出来,趁机攻击熟睡的人们,稍不注意人类就成为兽群的大餐。为了安全,人们只好轮流睡觉,醒着的人站岗放哨,就这样人们也还是时刻面临死亡的威胁。那时候每个部落的人数都不多,也没有什么厉害的武器,夜晚睡觉的时候,最怕遭到大型野兽的偷袭。还有一些毒蛇啊、毒虫……它们经常悄无声息地就爬到人们身边,还在睡梦中的人们一点儿防备都没有,就遭到了袭击。

在恶劣环境的逼迫下,有一些人开始往北迁徙,他们想寻找一片安全的土地生活。他们来到现在的山西和陕西一带,发现这里有很多土洞,土洞里居住着一些鼠类动物,这些小动物住在洞里,风吹不到,雨淋不着,很是安全。受到启发的人们,学着小动物那样在黄土高原的山坡上打洞,并把软软的干草放进去,然后用石头或树枝挡住洞口,果然这样就安全多啦。不过这里气候实在是寒冷,许多人宁愿留在危险的南方,也不肯往北迁移。

在美丽的苍梧山下,有一个部落,部落里有位很聪明的人,这一年的春天,他和同族的人去树林里打猎,在山里,他听见有许多鸟欢快地鸣叫,就抬头看了看这些鸟儿们。只见它们长着五颜六色的羽毛,种类不一样,却都在忙着做一件事,那就是筑巢。这些鸟儿有的在树梢上做窝,有的在最粗壮的树杈间做窝,有的用树枝,有的用草编。看着看着他突然笑了起来,拿起自己的工具回到了部落里。

过了几天,他又回到那片山林,他发现鸟儿们都已经做好了各自的窝,这些窝非常精致,看上去又很结实。又过了些天,他再一次来到这里,观看那些鸟窝的变化,没想到鸟窝里面已经有小鸟出生了,鸟窝保护着它们弱小的身体,直到它们的翅膀足够强大。看到这里，他觉得自己最初的想法是对的：如果人们能仿照鸟儿们的做法，也建一个大大的鸟窝，那些凶猛的野兽不就爬不进去了吗？也就伤害不到我们的族人了。于是，他把这个想法告诉了部落里的人，并带着他们，学着鸟儿的样，开始用树枝和藤条在高大的树干上建造房屋。

最初，这个年轻人照着鸟窝的样子建成的房屋并不结实，只要稍稍用力就会垮塌，更不用说经受风雨的考验了。可是他并没有放弃修建房屋的念头，他和族人们一次次地改造，终于建起结实的房屋，四壁和屋顶都用树枝遮挡得严严实实，既能挡风避雨，又可防止猛兽的攻击，密实得就连蛇都爬不进来。再经过一段时间的改进，终于有了房屋的模样了，房屋建好以后，族人们纷纷搬到了房子里生活。从此以后，我们的祖先再也不用过那种担惊受怕、挨冷受冻的日子了，而这个教人们修建房屋的聪明人就是我们经常提到的有巢氏，后世的人把有巢氏的这个伟大发明叫做"构木为巢"。

有巢氏因为发明巢居，改善了族人的居住条件，使人们的安全得到了保障，所以深受到大家的尊敬和爱戴。人们一致推举他为当地的部落首领，处理部落事务，带领大家进行劳动生产。他当部落首领的时候又为大家办了许多好事，名声很快传遍中华大地，后来各部落的人都认为他德高望重，很有领袖的才能，就一致推选他为总首领，并且尊称他为"巢皇"。在人们心中，有巢氏是个名副其实的英雄，因此也尊称他为大巢氏。

关于远古时期的"氏"

在上古时期，人们都没有名字，所谓"有巢氏"的称号，是后人根据传说而给"首创巢居"的人追赠的荣誉性称号。就像钻木取火的"燧人氏"、品尝百草的"神农氏"。其实这些传说中的大人物实际上不单单是指一个人，而是指在原始社会某一段时期发生的事情，这些传说也向人们展现了当时人们生产生活的景象。

燧人氏钻木取火

在上古时期，人们渴了就喝山里的溪水，饿了就吃一些植物的果实，可是果实都是有季节性的，过了季就没有了。于是住在山里的，就吃飞禽走兽；住在水边的，就吃鱼鳖(biē)蚌(bàng)蛤(gē)。不过，他们吃的这些东西都是生的，有的很容易就腐败变质，有的味道很腥臊，实在不怎么好吃，再加上他们生吞活剥、连毛带血地吃，所以很容易伤害肠胃，上吐下泻那是经常的事，人们饱受折磨，寿命也都不长，甚至一些人很小就夭折了。

那时候的人们还不会生火，更不会把食物做熟。但火的现象在自然界早就有了，比如火山爆发，会发生大火；打雷闪电的时候，树林里也可能起火。可是，我们的祖先不会用火，反而很害怕。有一次大火过后，他们偶尔捡到一只被火烧死的野兽，拿起来闻一下，一股香气扑鼻而来，再一尝，味道也很鲜美，还比生肉更好咬了。他们希望能经常有好运气可以吃到这样的肉，可是大火只是偶尔才能发生啊。于是他们想出一个办法，就是小心翼翼地保留火种，用火种生火，这样就能经常吃到烧熟的肉。他们还发现，火能使人感到温暖，而且一些猛兽也怕火，看到火堆，也不敢靠前了。问题是火种保存起来太麻烦，稍不注意，就熄灭了，人们只能眼巴巴地等下一次天降大火，有一些人就想，如果我们能自己弄出火来就最好了。

在一个氏族部落周围的山上，有一种树叫燧(suì)木，这种树长得粗壮茂盛，高耸入云，满山遍野地生长着，当地的人们又叫它火树。原来在这个林子里有一种鸟，长着又尖又硬的嘴巴，它们喜欢用嘴去啄燧木，啄啊啄，啄啊啄，有时候会把燧木啄出火光来。

有一天，有位圣人从这里经过，他看到鸟啄出来的火光惊讶不已，脑子里的智慧之火一下子被点燃了。他在想：鸟可以啄出火光，那我是不是也可以模仿鸟生出火来呢？他找来一块燧木，又找一根比较硬的树枝充当鸟嘴，模仿鸟啄木头的样子，摆弄了半天，累得满头大汗也没有啄出火来。但他并没有放弃，经过多次的试验，终于发明了钻木取火的方法。他先找到一块非常干燥的燧木，再准备一些干草、干树叶之类的易燃物质，放在燧木上面，然后折一枝树枝去钻燧木，不停地钻啊钻，火星就会从木头里冒出来，紧接着火星就能点

燃干草和树叶,这时候,再用嘴轻轻地吹,慢慢地就会出现火苗,当火苗越来越大后,就能生火堆了。

他很高兴,激动得眼泪都流出来了,还不停地跳跃着。他迫不及待地把这种钻木取火的方法告诉给部落里的其他人,并教会他们如何把食物煮熟。一传十,十传百,渐渐地,我们的祖先就会自己生火了,再也不用费力地保留火种。在长期的实践中,人们发现用石头钻木,效果更好,人们甚至找到了火石,这是以后的事情了。

钻木取火,是人类历史上一项划时代的伟大发明。它不但解决了火种容易熄灭的问题,而且从那时候起,人们经常吃生肉啊、生鱼的日子终于结束了,取而代之的是随时随地都能吃到熟透的食物。火不单是去掉了这些生肉的腥臊味,还让它们吃起来口感更好。就连一些坚果烤熟了吃,味道都大大的不同了。在冬天的时候,人们还学会了用火融化冰水来喝。这样一来,不但食物的品种大大增加,营养也丰富起来,人们的寿命也就延长了许多。夜晚来临的时候,人们在四周生起火堆,野兽纷纷走开,都不敢再靠近了。

为了感谢这位圣人的伟大发明,大家就把他推举为氏族首领,称他为燧人氏(也称"燧人"),也就是取火者的意思。燧人氏一直受到人们的敬重和崇拜,并被后奉代为"火祖"。

火 的 使 用

火是物质燃烧过程中散发出光和热的现象,是能量释放的一种方式。从100多万年前的元谋人,到50万年前的北京人,都留下了用火的痕迹。人类最初使用的都是自然火,钻木取火是根据摩擦生热的原理产生的。木材本身就很干燥,属于易燃物,在相互摩擦时,摩擦力较大会产生热量,所以很容易生出火来。

三皇之首伏羲

新石器时代早期,在中华大地上,出现了一位杰出的首领,他就是伏羲(xī)。他是我国古籍中记载的最早的王,被尊为三皇之首、百王之先。因此,后人赋予了伏羲很多美丽的传说,并一直流传到现在。

相传上古时期,北方有一个国家,名叫华胥国,那里有一条大河,名叫雷河。雷河边上有一户人家,住着一对老夫妇和他们的独生女儿华胥姑娘。这位华胥姑娘不仅长得十分漂亮,而且非常勇敢,又十分善良。有一天,她去雷河附近游玩,在途中发现一个大脚印,出于好奇,她将自己的脚踏在大脚印上,不久就怀孕了。但是,她竟然怀了12年才把孩子生下来,这就是伏羲。

伏羲不仅是中华民族的始祖,更是我国文献记载中最早的智者之一。作为东方的首领,他除了教人们织网用来打猎和捕鱼、教人们驯养野兽、发明了乐器、改变婚姻习俗等功绩外,最大的功绩在于创立了伏羲八卦。

在远古时代,人们对于大自然既崇拜又害怕。每当狂风暴雨、电闪雷鸣时,都会给人们的生活带来灾难,人们对此非常害怕。等到天气晴朗的时候又开始担心上天何时再降下灾难。为了研究这些自然现象,聪明的伏羲,经常站在高高的山上,白天就看太阳的东升西落,看山下的地形方位,观察各种动物的足迹和身上的花纹变化。晚上就仰观天上的日月星辰,观察斗转星移的规律。伏羲氏将他观察到的一切,用一些符号画了下来,再经过总结,就成了八卦的符号,他就用这些符号告诉大家最近会发生什么大事。关于这个符号的由来,还有一个传说:

有一天,伏羲又来到山上,苦苦思索,却没有头绪。突然,他听到一声奇怪

的吼声，只见对面山洞里跃出一个动物，长着龙头马身，身上还有非常奇特的花纹。这匹龙马一跃就跃到了山下渭水河中的一块大石上。这块石头奇异的形状，再配上龙马身上的花纹，顿时让伏羲灵光一现。于是，他根据天地间阴阳变化的原理，用一种数学符号画出了八卦，用这八种简单却寓意深刻的符号来概括天地之间的万事万物。他向人们讲述了这八种自然现象的性质和它们相互之间的关系。人们通过学习八卦，初步掌握了自然规律，从而懂得了如何充分利用自然条件促进生产和发展，并避开自然灾害带来的威胁。

　　人们相信八卦可以推演出许多事物的变化规律，预测事物的发展轨迹。这组神秘的古代文化符号，代表着自然界的天、地、水、火、山、川、雷、电，而其中所蕴含的博大精深的文化，就成为古代东方哲学的标志，一直流传到了今天。

八卦

　　八卦最基本的单位是爻，用"—"代表阳，用"--"代表阴，阴阳符号排列组合形成一卦，每卦代表一种事物，称做八卦。其中，乾代表天，坤代表地，坎代表水，离代表火，震代表雷，艮(gèn)代表山，巽(xùn)代表风，兑代表泽。

　　17世纪，德国大数学家莱布尼兹认识并开始研究八卦，并根据其中的"两仪、四象、八卦、十六卦、三十二卦、六十四卦"发明了二进位记数法和当时欧洲先进的机械计算机。

神农氏尝百草

神农氏，是在伏羲氏之后，华夏民族又一位杰出的首领。他除了发明农耕技术外，还发明了医术、制定了历法、开创了九井相连的水利灌溉技术，为我们祖先的生存发展做出了重大贡献。

其中，神农氏为了天下的人民，亲自尝百草的故事流传至今。

上古时，我们的祖先生活在一片辽阔的大地上，人们靠打猎为生，不过这些飞禽走兽也不是四季都有，有些植物的果实虽然也可以充饥，但很快就过季了。人们为了填饱肚子，不得不四处迁徙，生活很不安定。人口越来越多，食物却越来越少，人们迫切需要找到可以充饥的食物。有些人实在饿得不行，就开始乱吃东西，结果因为吃了有毒的东西而生病。

作为首领，神农氏心里很着急，他坐在山坡上，看着遍地的杂草和野花，哪些是食物，哪些是药物，哪些是有毒的呢？神农氏苦思冥想了三天三夜，终于想出了一个办法。

第四天，他带领一些臣民，往部落的西北方向走去，有人说那边有座高山。他们整整走了七七四十九天，终于来到了那里。果然见到连绵不绝的高山，一座连着一座，郁郁葱葱，这就是神农氏要找的地方。他深吸了一口气，好浓郁的香气啊，都是这山里的奇花异草散发的吗？他迫不及待地想要进山，看看这山里究竟有什么。

同去的人们都劝他说："这里太险恶了，您看那边的峡谷，一定会有豺狼虎豹出没，一不留神就会有生命危险啊，您还是回去吧。"

神农氏不同意，坚定地说："我不能回去！族人们还在等着我，他们饿了没

有东西充饥，病了没有药材医治，我们怎么能回去呢？我们要找的东西就在山里，就在眼前啊！"说着，他就带头进入茂密的山林里。

这山又高又陡，四面都是悬崖，长长的瀑布从山顶悬下来，两边长满湿滑的青苔，只靠手脚，是登不上去的。于是，神农氏带领同去的臣民折断树枝和藤条，靠着山崖搭成架子。过了一天又一天，不管是刮风下雨，还是烈日暴晒，都没有停过。一年之后，他们来到了山顶。

神农氏上了山顶之后，看到满山遍野

各种颜色、形状各异的花草，高高矮矮地生长着，心里很是高兴。白天，他领着人们到山上采集百草，并一一品尝它们，再观察自己吃后有什么变化。他把那些吃起来十分香甜的记录下来，收集它们的种子，放在一起，当做食物；那些吃起来又苦又涩的，但是吃下去却能治疗身体病痛的，收集起来放在一起，当作药物；那些吃下去让人感觉痛苦的，也放到一起，提醒人们千万不要吃它，那是毒物。

他每天都品尝很多植物，十分危险。好在他体魄强壮，总能化险为夷。

有一次，神农氏在深山里采集草药，不小心碰到一群毒蛇，这些蛇从来没有见到过人，惊慌之下围攻他，没多久他就被咬伤，倒在地上，血流不止，浑身肿胀疼痛。危急时刻，他发现这群蛇旁边有一棵青草，草顶上长着一颗红果。他想，这东西或许能解除痛苦，他把红红的果子吃下，青草嚼烂涂在伤口上，果然没过多久身上消肿了，也没有了疼痛的感觉，便高兴地说："有治毒蛇咬伤的药了！"

还有一次，神农氏尝了一棵草，没多久就感觉天旋地转，一头栽倒在地，人们连忙扶他起来，这时候他已经不会说话了。他知道自己中了毒，用最后一点力气，指着面前一棵灵芝草，又指指自己的嘴巴，人们马上把灵芝草弄碎放到他嘴里。他吃了灵芝草以后，毒气慢慢地解了，清醒过来。从此以后，人们都说灵芝草是仙草，能起死回生。

人们担心他的安危，就劝他说："您这样尝百草，实在是太危险了，我们下山回家吧，现在采到的草已经不少了。"

神农氏摇了摇头说："还不能回去！族人们饿了没有东西充饥，病了没有药材医治，我们采到的品种远远不够，怎么能回去呢？"说完，他又开始接着尝各种花草。

一座山走完，又到另一座山去，他把周围的山谷都走遍了，一共尝了七七

四十九天。他发现了麦、稻、谷子、高粱能充饥，味道也好，就叫人们把种子带回去，并教人们如何种植，从此，人们再也不用担心没有东西吃了。他把尝出的草药整理出来，叫人们带回去，为族人治病，从此人们再也不用担心生病无药可救了。

为了纪念神农氏尝百草、造福人间的功绩，后人们就把他走过的这座山取名为"神农架"。

据说茶也是他发现的，一次，神农氏在野外用锅煮水，旁边的树上落下几片叶子，等他发现的时候，水已经煮成了微黄色。好奇的神农氏就尝了一下，发现这个水味道很清香，喝下去之后能生津止渴、提神醒脑，于是就把这种叶子当作药物来使用。茶经过漫长的发展，就成了我们生活中不可缺少的饮品。

不幸的是，神农氏在尝百草时中毒而死。一次，他看到一种攀援在石缝中开小黄花的藤状植物，这是他从没见过的一种草，就采下来，把花和茎吃到肚子里，没过多久就感到肚子非常痛，好像肠子被扯断了一样。神农氏痛得死去活来，满地打滚，试了好几种药物都不能解毒，最后，他被这种草毒死了。后来，人们就把这种含有剧毒的草命名为"断肠草"。

神农氏率领臣民战胜饥荒、疾病，使我们的祖先脱离了饥寒交迫、患病无医无药、颠沛流离的日子，并且完成了从游居到定居、从蒙昧到文明、从旧石器时代向新石器时代的跨越。

五谷和杂粮

神农氏也被奉为五谷神，五谷一般是指粟、豆、黍、麦、稻这几种常见的主要农作物，五谷是粮食作物的统称。现在人们通常说到的五谷杂粮，五谷是指稻谷、麦子、大豆、玉米、薯类五大作物。杂粮就是指五大作物以外的粮豆作物，主要有：高粱、谷子、荞麦、燕麦、薏仁以及菜豆、绿豆、小豆、豌豆、黑豆等等。五谷杂粮也就泛指粮食作物了。

"先蚕娘娘"嫘祖

在西陵国,有一个很聪明的女孩儿,性格也很温顺,又长有一双巧手,勤劳能干,人们都叫她嫘(léi)祖。许多部落的首领纷纷到西陵来向她求婚,却都被她拒绝了。中原部落首领黄帝轩辕听说了这件事,也去求亲。黄帝轩辕仪表堂堂,英俊非凡,两个人一见面就相互喜欢,不久,黄帝就娶了嫘祖作为自己的妻子。

黄帝打败蚩(chī)尤后,建立了部落联盟,经过推选,他成为部落联盟的首领。战争刚刚结束,是时候发展生产、休养生息了。人们开始种植五谷、驯养动物、冶炼铜铁、制造生产工具。联盟上上下下一片繁忙的景象,人民的生活也越来越好,不再流离失所。

嫘祖虽然是联盟首领的妻子,但也要工作,她负责制作服饰。谁负责做帽子,谁负责做衣服,谁负责做鞋子,她都分派得清清楚楚。做这些衣服需要大量的原材料,嫘祖就经常带领妇女上山剥树皮,割麻藤,男人们打猎归来,她们就把猎获的各种野兽的皮毛剥下来,加工成衣服。不久,各部落的大小首领都有衣服和鞋穿,有帽子戴,嫘母却因为过度劳累而病倒了。有件事她放心不下:还有那么多人没有衣服穿,冬天的时候可怎么御寒呢?她着急得吃不下饭,身体越来越消瘦。周围的人焦急万分,坐卧不安,也想不出什么好办法能治疗嫘祖的病,可谁又知道她的心病呢?嫘祖身边的几个侍女,想了各种办法,做了好多嫘祖平时爱吃的东西。可嫘祖也只是看了看,然后摇摇头,一口也吃不下去。

有一天,侍女们悄悄商量,决定摘些野果给嫘祖吃。她们天不亮就上山,

跑遍了附近的几座山，摘了好多种果子，可是这些野果不是涩的，就是酸的，真是很难下咽。眼看天快黑了，突然在一片桑树林里发现有一种白色的小果挂满了树枝，很是可爱，她们兴高采烈，以为找到了好的野果。这时候天已渐渐黑了。侍女们怕山上有野兽，就赶紧去摘，尝也不尝，摘满了一整筐之后，就急急忙忙下了山。回来后，侍女们舔舔白色的小果，一点味道都没有，又用牙咬了咬，可怎么也咬不烂，谁也说不清这是什么果子，只好站在那里发呆，不知如何是好。这时候，造船的共鼓刚好路过，看见她们，连忙问发生了什么事。侍女们就把她们为嫘祖上山摘回白色小果的事说了一遍。

共鼓一听，哈哈大笑说："你们呐你们，咱们现在有火有锅，咬不烂就用水煮熟了嘛！"

他这么一说，立刻提醒了这几个侍女，她们连忙生火烧水，把摘回的白色小果都倒进锅里煮起来。过了好长时间，捞出一个咬了咬，还是咬不烂。大家急得直跺脚，这可怎么办啊，树上不会结的是石头吧？

有一个侍女一着急，随手拿起一根木棍，在锅里乱搅，生气地说："看你烂不烂，看你熟不熟！"搅了一阵子，也累了，也不生气了，这时候把木棍往出一拉，木棍上缠着很多白丝，比头发丝还细。这是怎么回事？于是侍女们又接着搅，边搅边缠，不久，这些结实的白色小果子全部变成了雪白色的细丝，亮晶晶

地闪光,还非常的柔软。

她们立即把这个稀奇的事告诉嫘祖,嫘祖是个急性子,一听完马上就要去看。侍女们担心她的身体,不让她走动,便把缠在木棍上的细丝拿过来,放到她身边。嫘祖仔细看了这些细丝,又拿在手上轻轻地揉一揉,聪明的她马上知道这东西的用处了,这不正是自己梦寐以求的东西吗? 有了它,人们就能穿上更舒服更保暖的衣服了。嫘祖仔细地询问了白色小果是从什么山、什么树上摘的。

她高兴地对侍女们说:"这不是果子,也不能吃,但作用很大,你们立下一大功啊。"

嫘祖自从看到了这白色丝线后,病情一天比一天轻,也有胃口吃饭了。不久,她的病就全好了。她每天都惦记着这件事,不顾黄帝劝阻,亲自带领妇女们上山,要看个究竟。她在桑树林里观察了好几天,才弄清这种白色小果,是一种虫子口吐细丝,一点点织成的,并非树上结的。她把此事报告给黄帝,并请求黄帝下令保护山上所有的桑树林,黄帝同意了。

从此,在嫘祖的带领下,人们学会了栽桑养蚕,缫丝制衣。后世人为了纪念嫘祖的功绩,就将她尊称为"先蚕娘娘"。

蚕 丝 的 使 用 历 程

蚕结茧时分泌一种液体,这种液体遇到空气凝固成长长的蚕丝。约在4700年前我们的祖先就已利用蚕丝制作丝线、编织丝带和简单的丝织品。到了商周时期,就能用蚕丝织出各类精美的丝织品。我国的丝织品,举世闻名,世界最轻的丝织品——素纱禅衣,出土于长沙马王堆汉墓,这件衣服只有49克那么重。

丑女嫫母

扫码查看
☑ 中华故事
☑ 典故趣闻
☑ 能力测评
☑ 学习工具

上古的时候，有一个女孩子，叫丑女，长相十分丑陋，胆小的人看见了她就会害怕。据说她皮肤很黑，额头鼓鼓的像个纺锤，鼻子矮塌塌的不说，还紧紧地皱在一起，身材肥胖，就像那竹编的箩筐。

虽然她的样子难看，但是性情温柔、心地善良，很懂得礼节，非常贤惠。于是，黄帝就娶了她作为自己的妃子，并且不因为她的容貌不好而厌恶她，反而十分钟爱她，给她封号叫嫫（mó）母。黄帝还经常说："嫫母的美不是人们一眼就能看到的，她美在品德贤淑、行为端庄、待人诚恳、心地善良，这样的女子，是女子中的楷模啊！"黄帝有四个妻子，嫫母的地位最低，但由于品行好，上上下下都很敬重她，相处得很好，黄帝就让她管理宫廷事务。

嫫母还帮助嫘祖织布裁衣。嫘祖发现了蚕丝之后，养蚕抽丝，可没有人懂得用蚕丝来做衣服的技术。聪明的嫫母就发明了一种方法，将蚕丝织成了又轻又软的绢，染上各种颜色，裁好做成衣裳，又御寒又漂亮。她把这些纺织丝绸、染色裁衣的方法传授给其他人，于是人人都有衣服穿了。后来，人们为了纪念她，就叫她"先织娘娘"。

那时候人们梳洗打扮，每天都站在平静的水边，对着自己的倒影来梳理，遇上风天雨天，就只能用盆来盛水，十分不方便。每天，宫里的水边都有很多漂亮的宫女人们梳妆打扮，嫫母觉得自己这么丑，就很少去水边，也不喜欢抛头露面，就整天在黄帝身边干活儿。其实嫫母也喜欢对着水镜梳妆，让自己看上去更好看一些。

有一天，黄帝的另一个妻子彤鱼氏约嫫母一起上山挖石板，嫫母很痛快地

答应了，由于她身体好，力气大，很快就挖了二十多块。正午时分，太阳直射着大地，她突然发现前面有一块亮闪闪的石片，非常刺眼。嫫母十分好奇，就轻轻地把石片从石头堆里刨了出来，拿在手里一看，自己的影子竟然在里面，真是奇怪，这是个什么怪石头？她没有对任何人讲，悄悄地把石片藏起来，带回自己的房间。她看了看房间周围，确定没有人，就把石片拿出来，放在面前，她觉得里面照出来的模样和自己平时不大一样，有点歪歪扭扭的。她很仔细地看了又看，想了又想，发现石头的表面凹凸不平，聪明的嫫母立刻找了一块磨石，把石片表面都磨平了。再拿起来放到面前的时候，她发现这个石片照出来的影子比在水中的影子清晰多了，只是自己的模样还是那么难看，她就叹息着说："看来，丑可不能怪石片啊！"

从此以后，嫫母再也不想去水边梳妆打扮了。每天早上起来，她对着石片，收拾打扮一下，用后又悄悄藏起来。这可真是省时省力，又不怕被嘲笑。

有一次，嫫母帮彤鱼氏在石板上烧肉，由于火太旺，石板被烧炸了，一块碎石渣朝嫫母

飞来,她来不及躲避,脸被划破了,流了很多血。她连忙回到自己的房间,拿出石片,照着石片,往脸上贴药。这时候,黄帝不知道从什么地方回来,发现嫫母拿着什么东西,照来照去的,就轻手轻脚走到嫫母身后,刚要仔细地看看她在做什么,就听见嫫母惊呼了一声。原来,石片上出现了黄帝的身影,嫫母转过身,黄帝就站在她身后。黄帝问她手里拿的什么东西,她就像做错了事一样,跪在地上把发现石片的经过一五一十地讲给黄帝听,并且希望黄帝原谅她隐瞒这件事情的过错。

谁知道黄帝听完之后,不但没生气,还哈哈大笑,扶起嫫母说:"你不但没错,还立了一件大功。"说完,他叫来了其他三位妻子,也让她们看了看这奇怪的石片。

正妃嫘祖笑着说:"怪不得嫫母每天都不去水边了,原来她有这样一件宝物。"

彤鱼氏也说:"黄帝,这可应该给嫫母妹妹记一功!这是多么好的事情啊。"

黄帝也很兴奋,说:"这是当然了!"

于是人们就开始用镜子,再也不用去水边梳妆打扮了。后来,人们仿照这个石片的原理,发明了铁镜和铜镜。

当我们照镜子穿衣服的时候,可别忘了嫫母的功劳啊!

最 早 的 镜 子

镜子是一种表面光滑,具反射光线能力的物品,最常见的镜子是平面镜,常常用来梳妆。我国古代多以水照影,把盛水的铜器称为"鉴",秦汉以后,铜镜流行,汉代开始改称鉴为镜,明朝时期,玻璃镜传入我国,从这以后,铜镜逐渐被玻璃镜取代。我国已知最早的铜镜——齐家文化墓葬中出土的小型铜镜,距今已有四千多年历史。

中华民族的祖先——黄帝

　　黄帝，本姓公孙，因为他长期居住在姬（jī）水，就改姓姬，号轩辕氏，是远古时期华夏民族的首领，五帝之首。作为远古时期部落联盟的首领，他因为首先统一了中华民族，又带领人们大力发展生产，播种百谷发展农业，又创造文字，教人穿戴衣冠，还建造了舟车，定算数，制音律，创医学等，被视为中华民族的祖先，在华夏儿女心目中，他是一个非常伟大的人。

　　在远古时期，中华民族散居各地，形成许多部落，其中有两个部落最有名：一个是偏西的姜姓部落，炎帝是他们的首领；一个就是偏居东方的姬姓部落，黄帝是首领。据说，黄帝和炎帝都是少典的子孙，同出于一族，后来分散迁徙，一个住在姬水附近，一个住在姜水附近。

　　和黄帝同一时期，还有一个比较强大的部落，活动范围在东南方，首领叫蚩尤。这个部落暴虐无道，常常凭借自己的强大力量，进攻别的部落，抢夺财物，使那里的人们不能安定生活。

　　蚩尤发现炎帝的势力已经很微弱，就把矛头指向炎帝部落，他挑起战争，把炎帝部落赶到了黄帝控制的今河北省涿鹿地区，把炎帝原有的地方都占了去。无可奈何之下，炎帝只好求助于黄帝，希望两个部落联手，打败蚩尤。黄帝带领两个部落的战士在涿鹿这个地方同蚩尤展开了一场恶战。结果，黄帝在大将风后、力牧的辅佐之下，终于抓住了蚩尤，并把他杀了。黄帝彻底打败蚩尤后，树立了很高的威信，中原各部落都尊他为共同的领袖，他成为天下的首领。

　　黄帝成为共主后，开始休养生息，发展生产。他从小就十分聪明，长大后

更是思维敏捷,敦厚坚毅,是个非常聪明能干的人物。

　　黄帝知人善任,他手下集中了一大批非常有才能的人,他按照他们的特长,让他们担任不同的职务。比如,文字学家仓颉,造出了象形文字;音乐家伶伦用竹做箫管,制定了音律,配成乐曲;精通数学的隶首,制定了各种度量衡;风后拿着神奇的地图,第一次制定出打仗的阵法……

黄帝在农业生产方面有许多创造发明，其中最主要的是实行田亩制。在黄帝之前，田无边际，有的地方种了田，却没有人来收割，有些地方人们为了争夺耕地，就会引起争端。于是，黄帝将全国土地重新划分，划成"井"字，中间一块为公家的田地，四周八块才归个人，由八家合种。这些农田一改过去的耕种方法，实行耕作制，及时播种百谷，及时收获。他的伟大发明创造还远远不止这些。

黄帝会推算天文，经过长期观察，他制定出我国最早的历法，这给人们的生产生活带来了很大的帮助，使人们知道了什么时候应该播种，什么时候应该收获。他还精通医术，和神医岐伯一起研究出一套诊治方法，救治了许多族人。他还会制造车、船，人们出行就更方便了。在他的带领下，人们既会做衣服，又会做帽子，还能制鞋，从而改变了上古时代穿树叶兽皮的原始习惯。古代的人受饮水限制，都居住在河水旁边，受到季节限制，很不方便。于是黄帝发掘了井，不管什么时候，人们都有干净的水喝了。

这些发明创造，既反映了黄帝时期取得的辉煌成就，也为灿烂的华夏文明奠定了坚实的基础。他在位的时间里，国力强盛，政治安定，文化进步，当时的百姓吃得好，穿得也漂亮，每天快快乐乐地生活，也能安居乐业了，天下一派太平的景象。

五帝 我国上古传说中的五位圣王，分别是黄帝、颛顼(zhān xū)、帝喾(dì kù)、尧、舜。关于五帝还有伏羲、神农、黄帝、尧、舜；太昊、炎帝、黄帝、少昊、颛顼；少昊、颛顼、帝喾、尧、舜；黄帝、少昊、颛顼、喾、尧等不同说法。

黄帝与放马的孩子

　　黄帝为了把国家治理得更好，经常带领属下去拜访一些能人志士，向他们请教治国之道，又或者是学习先进的技术。有人向他推荐一个叫大隗（wěi）的人，说他特别贤德，就住在具茨（cí）山上。黄帝很高兴，就打算去拜见这位大隗先生。

　　这一天，黄帝刚刚处理好政务，看时间尚早，就把下属叫来，和他们说："今天我要去具茨山拜见大隗，你们准备一下，等下就出发。"下属们赶忙准备车马，待黄帝上车后就出发了。张若、他朋两人在车前面开路；方明、昌寓两位是护卫，守在车的左右；昆阍（hūn）、滑稽在车后跟随。

　　黄帝的车马快速地前进，一路上的风景都来不及看，当他们来到襄城的原野时，发现队伍竟然迷失了方向。

　　这可如何是好呢？正当他们愁眉不展的时候，看见一个小男孩，在山坡上悠闲地放着马，黄帝对随行的人说："你去向那个孩子问问路。"随行的人领了命令就朝小男孩走去。

　　"你知道具茨山在哪吗？应该朝哪个方向走呢？"

　　小男孩点了点头，说："当然知道了，你们往那边走，等看到一座很陡峭的山，那就是具茨山了。"说完朝着具茨山的方向指了指。

　　"那你知道大隗住在哪里吗？"

小男孩说:"也知道,他是个很不错的先生。"

黄帝一听,心想,这个小孩可不简单,就下车对小男孩说:"你这个孩子真是不简单啊,不但知道具茨山,还知道大隗住在哪里。我想问你,你是否知道如何治理天下呢?"

小男孩刚开始并不想回答,黄帝再三问他,他才说:"治理天下,就像你们在野外遨游一样,只管前行,不要无事生非,惹出祸端。同样,处理政事不要搞得太复杂。前几年,我经常生病,头昏眼花。有一位长者就教导我说:'你要乘着阳光之车,在襄城的原野上遨游,把尘世间的一切都忘掉。'现在我的毛病已经好多了,我又要出去畅游了。我想治理天下也应当这样,就用不着我来说什么了吧,这件事也不是我该说的啊。"

黄帝说:"你说得太含糊了,虽然治理天下和你没有什么关系,不过这道理你是一定懂的,到底怎样治理天下呢?"

小男孩拒绝回答他的问题,于是黄帝又问。小男孩拗不过黄帝,就对他说:"其实治理天下,和我放马又有什么不同呢?我在这原野上放养我的马群,想要它们老实听话,只要把危害马群的马驱逐出去就行了啊。"说完就走了。

黄帝听后大受启发,觉得这小男孩是个世外高人,就称他为天师,再三拜谢,方才离开,朝着具茨山走去。

原 始 人 对 马 的 使 用

我国是最早开始驯化马匹的国家之一,从大汶口文化时期及仰韶文化时期遗址中,可以看出距今6000年左右时野马已被驯化为家畜。马在古代曾是农业生产、交通运输和军事等活动的主要动力,它们的平均寿命为30至35岁,最长可达60余岁。在我国传统的十二生肖中排名第七位。在我国,马姓是常见的姓氏之一。

仓颉造字

黄帝手下有一名官员叫仓颉(jié)，专门负责管理牲口的数目、仓库里食物的多少。他很聪明，做事认真，把牲口和食物管理得有条不紊，从来没有出过差错。但是，随着牲口和食物的储藏量逐渐增加，当时又没有文字，更没有纸、笔和计算机，光凭脑袋是远远记不住那么多事的。

于是仓颉开始结绳记事，这个方法用起来也很方便。所谓的结绳记事，就是把柔软而有韧性的树皮或者麻搓成细绳，然后再把搓好的细绳排列整齐悬挂在一处，遇到大事就打大结，遇到小事打小结，先发生的事打在里边，后发生的事打在外边。为了能够记录更多的事情，他又利用植物的天然色彩，制作出不同颜色的细绳，用每种颜色分别代表一种动物或植物，使各种事情变得更加清晰明了。

然而，时间一长就不奏效了。比如，增加数目时在绳子上打个结很方便，而减少数目时，要把绳子上的结解开就麻烦了。他找来各种贝壳，来代替所管的东西，然后把贝壳拴在绳子上，这就方便多啦。增加了就添一个贝壳，减少了就去掉一个贝壳，这个办法又一连用了好几年。

仓颉这么能干，博得了黄帝的信任，让他管的事情越来越多。每年祭祀的次数、每次狩猎的分配、部落人口的增减都由他来管理。这些事情非常繁琐，工作量很大，仅凭打结、挂贝壳是解决不了的。时间久了，不是忘了这个结代表的是哪件大事，就是忘了那个贝壳是哪件大事了。

有没有更好的办法呢？眼看着天下在黄帝的治理下，出现了越来越多的新发明，仓颉在苦苦地思索着，他十分想解决这个问题，为黄帝和百姓做一件

大事情。

一天，他去郊外参加狩猎，走到一个三岔路口时，几个老人为往哪条路走争辩了起来。一个老人坚持要往东，说那里有羚羊；一位老人要往北，说刚刚有鹿群经过，还没跑多远，应该能追上；一位老人偏要往西，说西边有老虎，不要错过机会。仓颉很奇怪老人怎么会知道远方有什么动物呢？就上前询问他们。原来，他们都是看着地上野兽的脚印才认定的。

仓颉听了老人的话很受启发，灵光一现，心想：既然从一个脚印就知道有一种野兽，为什么不能用一种符号来表示我所要管的东西呢？对此，他日思夜想，造出了不同的符号，并且定下了每个符号所代表的意义。有了这些符号，管理各项事务果然得心应手。

后来，光靠几个符号又不能适应时代的发展了。因为人们创造的事物越来越

多，举行的活动也日益频繁，想要记录这些事情，就要有更多的符号来代表它们。仓颉想，能不能用简单一点的方法来记录事情呢？从此，他废寝忘食，仔细观察各种事物的特征，看尽了天上星宿的分布情况、地上山川脉络的样子、鸟兽虫鱼的痕迹、草木器具的形状，慢慢把它们的特征画出来。"日"字是照着红日的模样勾的；"月"字是仿着月牙儿的形状描的；"人"字是端详着人的侧影画的……不久，代表手、星、牛、羊、马、鸡、犬等身边事物的符号都造出来了。仓颉把这种符号叫作"字"，这就是我国远古时代最初的文字。仓颉每造一个字，总要将字义反复推敲，还拿去征求人们的意见，一点儿也不敢粗心。大家都说好，才定下来。时间长了，仓颉造的字也就多了，并把这些字献给了黄帝。

黄帝见后非常高兴，赐他为仓姓，意思是一人之下，万人之上。黄帝还把九个州的首领召集过来，让仓颉把这些字的写法、含义传授给他们。于是，记载事情的时候，再也用不着结绳了，字被广泛应用起来。

最初的字就是象形文字，后来人们把这些象形文字刻在龟甲或兽骨上，我们又称为甲骨文。象形文字的出现，标志着我国历史走进了有文字记载的时代。仓颉，这个在汉字创造的过程中起了重要作用的人，为中华民族的繁衍和昌盛作出了不朽的功绩，被后人尊为"造字圣人"。

汉 字 的 产 生

文字是人类用来记录语言的符号系统，它的出现是文明社会产生的标志。文字在发展早期都是图画形式的象形文字。以象形字为基础后，汉字发展成表意文字，除了象形，还增加了其他的造字方法，例如六书中的会意、指事、形声、转注、假借。甲骨文是我国已发现的古代文字中时代最早、体系较为完整的文字。现在发现的甲骨文有4500多个单字，已经识别的约有2500字。

涿鹿之战

上古时期，在神州大地上出现了几个比较大的部落，其中以黄帝、炎帝两个部落最为强大，他们居住在黄河两岸，繁衍生息。与此同时，兴起于长江流域的九黎联盟发展也很迅速，他们的首领名叫蚩尤，十分强悍。蚩尤有兄弟81人，个个身材高大，勇猛异常，骁勇善战。他们带领着族人辛勤劳动，逐渐成为东方的强大部落，并不断向中原扩张，他们还十分擅长使用刀、斧子等金属武器，打起仗来更是所向披靡。一些小的部落非常害怕蚩尤，一听说蚩尤要来，纷纷带着族人躲避。

在中原，他们遇到了炎帝部落，两个部落为了争夺更多的领地、食物，经常发生冲突。炎帝得知自己的领地屡次受到侵犯，就率兵去攻打蚩尤。可是这时候的炎帝部落早就日渐衰落，没有什么实力对抗蚩尤。凭借着强大的兵力，蚩尤很快打败了炎帝，并占领了原本属于炎帝的领地。炎帝战败后，朝着涿鹿的方向逃去，蚩尤紧追不舍，也一路率军追到涿鹿。炎帝就派使者向黄帝部落求助，希望他能出兵攻打蚩尤。

黄帝精明能干，为了保护自己的部落，他励精图治，特别训练了一支部队。将士们忠心耿耿，能征善战，非常勇猛。其实黄帝也早想除掉这个危害各部落的蚩尤，见炎帝来求救，就答应了他的请求。

虽然自己的军队强大，但蚩尤毕竟兵力强盛，黄帝不想贸然出兵，就和部下研究作战的方法。他为了迷惑蚩尤，让蚩尤以为自己胆小怕事，并没有马上行动，也没有让炎帝的人马进入到自己的领地。

蚩尤知道附近有个强大的部落，他一边追杀炎帝的队伍，一边观察着黄帝

的动静，看着空荡荡的涿鹿之野，他不知道黄帝为什么不设防，既不放炎帝进入领地青丘，更不出手相援，他一时间不敢掉以轻心，生怕在什么地方突然冒出一支军队来，打自己一个措手不及。

炎帝为了躲避蚩尤，一路奔波，又不敢离黄帝的领地太远，只好奔来绕去，很是狼狈。当蚩尤看到即使他追逐炎帝到一些相当危险的山弯处，也依然没有黄帝的人马。骄傲自大的他终于放下了戒心，确信黄帝害怕他的部队，只能做胆小鬼，躲在领地不敢出来。他就加紧追赶，想把炎帝逼到一个山谷中彻底消灭。

这时候，黄帝见时机成熟，就决心与蚩尤展开生死大战，他把部队埋伏在山谷中，只等蚩尤上钩。

蚩尤的部队连日来翻山越岭，将士们早已经筋疲力尽了，战斗力明显下降。当大军追赶炎帝进入灵山河谷之后，黄帝指挥伏兵从东、西两边夹攻

蚩尤，形成了瓮中捉鳖的局面。当蚩尤发觉上当后想冲出灵山河谷之时，已经出不去了。

不过蚩尤毕竟久经沙场，有丰富的作战经验，虽身处困境，仍能沉着应战，他避开灵山河谷的中心河道，紧贴涿鹿山山根修建"蚩尤城"，保存了自己的实力。

这时候正赶上雨季来临，天气变化无常，暴风雨不断，就是雨停了也是大雾弥漫，来自东方多雨环境的蚩尤很适应这种天气，反而是居住在中原的黄帝部落十分不适应，蚩尤曾经多次取胜。

对于蚩尤来说，这样的好日子并不长远，雨季过去之后，天气放晴，并刮起风沙，一时间黄沙漫天，蚩尤的部队分不清方向，方寸大乱。黄帝把握住这次机会，又联合了其他部落的军队，乘势向蚩尤的部队发动反击。他命人吹号角，击鼙鼓，以指南车指示方向，终于一举击败敌人，擒杀首领蚩尤，而蚩尤的部队纷纷逃窜。

黄帝部落乘胜追击，向东挺进，一直到了泰山附近，并在那里举行"封泰山"仪式后方才凯旋。涿鹿之战就这样以黄帝的胜利而宣告结束。

这场战争历时三年，大大小小的仗打了72场，最终黄帝和炎帝联合把蚩尤的军队打败了，以后很长时间内九黎部落都不敢再侵扰中原。

指 南 车 和 指 南 针

指南车，据说是黄帝的手下风后利用北斗星"斗转而柄不转"的原理制成的，它是我国古代用来指示方向的一种机械装置，和我们现在使用的指南针原理不同。现在的指南针是利用地磁效应制造的，主要组成部分是一根装在轴上可以自由转动的磁针。目前传统的观点认为指南针的"祖先"大约出现在战国时期，名字叫做"司南"。指南针可是我国古代四大发明之一。

阪泉之战

　　黄帝和炎帝是同父同母的兄弟,长大后拥有各自的部落,黄帝居住在姬水流域,所以黄帝为姬姓,而炎帝居住在姜水流域,所以炎帝为姜姓。

　　炎帝带领族人,发展农耕,部落渐渐强大。黄帝不但鼓励农业生产,还发明了许多技术,又建立了强大的队伍。时间一长,实力逐渐超越了炎帝。那时候各部落之间,为争夺土地和财富经常发生战争,黄帝部落在战争中日渐崛起,很多小部落都归附了黄帝,而炎帝的部落日渐衰微。

　　居住在东方的九黎部落的首领蚩尤经常骚扰炎帝的领地,炎帝忍无可忍,率兵攻打蚩尤。不过,强大的蚩尤打败了炎帝,占有了他的领地。于是炎帝就向黄帝求救,要联手对付蚩尤。

　　最终蚩尤战败,不过炎帝一直对黄帝耿耿于怀,因为当时炎帝败退到涿鹿地区时,黄帝并没有立即出兵救援,甚至不让自己进入他的领地,而是故意按兵不动,直到后来才出手相助。自己还得整天提心吊胆,躲着蚩尤,被蚩尤追得团团转。

　　黄帝大战蚩尤的时候,炎帝的兵马大部分来到了阪泉,并未消耗太多力量。反而得到了很好的休整,积蓄了力量。涿鹿之战后,有人挑唆炎帝,要炎帝趁黄帝刚刚经过大战,喘息未定,举兵攻打,统一两个部落。炎帝听从了这个建议,就挑

起战争。黄帝迫于无奈，只好应战。

黄帝和炎帝为了夺取这次战争的胜利，都做了相当充分的准备。他们不仅调动了本部落的力量，而且也联合了其他部落作为盟军，参战的两个部落都有很强的实力，战争的规模颇为壮观。

黄帝率领熊、罴(pí)、貔(pí)、貅(xiū)、貙(tāo)、虎六个部落的队伍，打着各自的大旗，在阪泉之野拉开了阵势，与炎帝开战。

炎帝先发制人，率兵用火围攻黄帝，致使黄帝的兵营经常浓烟滚滚，遮天蔽日，于是黄帝带人用水熄灭火焰，将炎帝赶回了阪泉。黄帝嘱咐士兵只准和炎帝斗智斗勇，不要伤其性命。

黄帝在炎帝营外摆阵练兵，他和手下创造出星斗七旗阵，阵法千变万化，让炎帝的士兵看得眼花缭乱，这一仗打得炎帝无计可施，躲回营内不敢挑衅。不过，炎帝利用山头作屏障，黄帝阵法虽高明，一时间也拿炎帝没有办法。

两军对峙了三年的时间，终于有一天，黄帝的士兵突然偷袭了炎帝后营，活捉了炎帝。原来黄帝一边用阵法作掩护，一边派人日夜挖掘地道，一直挖到炎帝兵营的后方。

这一战让炎帝输得心服口服，甘愿称臣，发誓不再与黄帝抗衡，并且帮助黄帝烧荒垦田，治理家园。

战争结束后，黄帝做了中原地区部落联盟的首领，炎黄两个部落逐渐合并到一起，成为我们中华民族的祖先。

七旗村

如今，在黄帝摆星斗七旗阵的地方，形成了"七旗村"，并且以泉为界，上游叫"上七旗"，下游叫"下七旗"。

帝尧访贤

扫码查看
☑ 中华故事
☑ 典故趣闻
☑ 能力测评
☑ 学习工具

尧，是我国原始社会末期的一位部落联盟首领、黄帝的后代。在他的带领下，各个部落之间和睦相处，团结得就像一家人一样。尧生活很简朴，吃的是粗米饭，喝的是野菜汤，因而得到了人民的爱戴。

尧是我国历史上一个十分有德行的贤君，而他的大儿子丹朱却不务正业，游手好闲，性情又十分暴躁。一心为百姓着想的帝尧，想把治国大事传给更为仁爱、能干的贤人。求贤若渴的尧常常深入民间去寻查细访，求贤问治国之道，察访政治得失，希望选出品德高尚、才能出众的贤才做接班人。

姑射山上，有一位叫善卷的名士，重义气，不贪富贵，远近的人都知道善卷的贤德。尧听说后就想去拜访这位善卷，他觉得自己的德行不如善卷，对待这样贤德的人，不能自骄自傲，必须以礼相待，就像年轻人对待长者、学生对待老师一样去拜访他。尧见到善卷后，自己站在下边，让善卷在主位。他对善卷说："我想把天下让给你，不知道你是否愿意呢？

善卷回答说："我生于宇宙之中，冬穿皮衣夏穿葛布，春种秋收，日出而作，日落而息，劳逸结合，在天地之间逍遥自在，心满意足，我要天下干什么呢？"善卷拒绝了尧的请求，离开北方，到南方的一个洞里隐居起来。

王倪是中条山的贤人，尧得知后便翻山越岭，来到中条山。远远望去，主峰又高又陡，一大片

的巨石遮盖了黄土，石头上长满了一棵棵松柏。尧费了很大力气来到山顶，见松下有一间茅棚，棚下铺着一个草榻，有一个人端坐在上面，凝视着对面的山。尧走到眼前，那人竟然视而不见。尧见他脸色红润，目光清澈，仙风道骨的样子，毕恭毕敬地问道："请问先生可是王倪？"

那人猛然清醒，慌忙站起，请尧坐下，并舀来门前的溪水请尧喝。尧一边喝水，一边说明来意。王倪听了，连声道歉，说："别看这些山石溪流、高树低草无血无肉，却同禽兽一般，都有生命。禽兽与山石相比虽自己会动，却不比山石恒久；草木与山石相比虽自己会长，却不比山石坚固。我这些陈腐之见，哪里能和治国搭上关系？我的志向不在治国啊，不能答应您的请求。"

尧听王倪这么一说，便不再勉强，他向王倪打听哪里有贤士，王倪向他推荐了蒲谷山的蒲伊。尧又亲自前往拜访，想要拜蒲伊为老师，但蒲伊也不愿多谈治理天下的事情，只向他推荐了许由。

尧便又去拜访许由，要将天下让给他，许由没有接受，而是悄悄地到箕山隐居了起来。尧见许由不愿意当国君，又派人去请他出任九州长官，许由认为这些话是对他的侮辱，耳朵听了都被玷污了，就到河里去洗耳朵，再一次拒绝了尧。

尧拜访的这些人都很贤德，有学识，可心思都不在治理国家上。他虽然很焦急，但是他仍然坚信，自己有生之年一定能够找到合适的继承人。果然，不久的将来他终于如愿以偿了。

尧 尧又称"唐尧"。相传尧的父亲是为帝喾，帝喾在位70年，死后由尧的异母兄挚继位。挚在位9年，为政不善，把帝位让给尧。尧励精图治，曾经组织了一批天文官员到东、南、西、北四方观测日月的出没、星辰的位次，编出历法。以366日为一年，每三年有一个一闰月，用闰月调整历法和四季的关系，使每年的农时正确，不出差错。

围棋的由来

相传，在上古时期，尧继承帝位之后，把都城定在平阳，又逐渐平息了各部落之间的纷争，于是就开始大力发展农业，使得农耕生产繁荣发展，人民生活幸福安康，呈现出一派欣欣向荣的景象。

看着百姓们安居乐业，尧很是高兴。不过，在他的心里，始终有块心病，那就是他和妻子散宜氏生的儿子丹朱。丹朱是尧的嫡长子，出生的时候全身红彤彤的，很可爱，尧就给他起名字叫丹朱。他从小就比别的孩子聪明，那时候尧很宠爱他，不过他的性格比较野，不像其他的孩子老老实实地学习，还很有自己的主意，十几岁了却不务正业，整天游手好闲，与朋友在外面斗狠，经常招惹祸端，一般人管不了他。如今虽已经长大成人，但他依旧无所事事，游手好闲，不能帮助尧处理政事，令帝尧和散宜氏伤透了脑筋。

尧派大禹治平水患后，再也没发生过大的洪灾。这正好给丹朱提供了尽情游玩的条件，他天天在外面游山玩水，乐不思蜀。他弄来木船，坐在上面，让人推着在汾河西岸的湖泊里荡来荡去，高兴得连饭也顾不上吃，家也不回，连母亲的话也不听。

有一天，散宜氏忧心忡忡地对尧说："尧啊，你每天忙着处理国家大事，家里的事你也要管管才是啊，你看看丹朱，越来越不像话了，经常几天都不回家，在外面撒野。我教育他的话，全当耳边风。你是他父亲，他畏惧你，你说的话他还不敢不听，如果你不好好教育他，以后怎么帮你干大事呀！"

尧听了妻子的话后觉得很有道理，低头沉思：丹朱这孩子心野，是要好好管管了，否则以后一事无成啊。不过要使他变得好起来，必须从他的自身条件出发,先稳定他的本性,娱乐他的身心,然后教他几样本领才行。于是,帝尧对散宜氏说:"你让人把丹朱找回来,再让他带着弓箭到平山顶上去等我。"

当尧的属下来找丹朱的时候,他正在汾河边上和一群人戏水。这几个属下知道丹朱的性子,不容分说就强拉着他上了平山,到了山顶后,把弓箭塞到他手里,对他说:"你的父母叫你来山上打猎,你可得好好表现,别丢了你父亲的脸。"

丹朱却不以为然,对这几个人说:"我还没有学会射箭的本领,怎么打猎呢?再说,这平山上满山坡的荆棘野草,上哪找兔子和飞鸟呢?这分明是难为我嘛。"心中暗想:哼,打猎我偏不学,看他们能把我怎么样!大家好说歹说,丹朱就是坐着不动。

一伙人正吵嚷着,尧被侍从搀扶着从山下爬上来了。看到父亲那副苍老而狼狈的样子,丹朱心里有些过意不去,马上向父亲下跪行礼,怯怯地说:"您这把年纪怎么还要爬这么高的山,就为了让我上山打猎,何苦来呢?"

尧擦了把汗,坐在一块石头上,说:"丹朱啊,你长这么大,应该懂事了,可是你不走正道,整天游玩,也不会打猎,什么本领都没学会,等着将来饿死吗?我治理这么广阔的土地,你就不能替我操一点心,把土地山河治理好,让百姓过上更加幸福的生活吗?"

丹朱并不觉得尧的话有多重要,就说:"兔子跑得那么快,鸟儿飞得那么高,再说这山上也没有兔子和飞鸟,叫我打什么呢?况且,在您的领导下,天下

百姓都归顺，土地山河也治理好了，哪里用得着我替您操心呀？"

尧见丹朱如此不思上进，叹了一口气，说："你不愿学打猎，那就学石子棋吧，你要是把这个学好了，用处也很大呢！"

一听父亲不要他打猎，而改学下石子棋，丹朱很高兴地说："好啊，下石子棋还不容易吗？一会儿就学会了。"丹朱立刻扔掉弓箭，要父亲教他下棋。

尧看着儿子丹朱，语重心长地说："学东西不要操之过急，哪有一朝一夕就学会了呢。不过，你肯学就一定行。"

说着，尧把弓箭捡起来，蹲在地上，用箭头在一块平整的石头上用力刻画了横竖十几道方格子，又让卫兵们捡来一大堆小石子，分给丹朱一半，自己拿一半，开始教丹朱玩石子。

没多久，丹朱就被石子棋所吸引。在此后的一段时间里，丹朱学棋很专心，也不到外面去瞎逛，帝尧和散宜氏的心里变得踏实些了。

谁料，丹朱还没把石子棋的道理悟透，又开起了小差。他开始觉得下棋太束缚人，一点自由也没有，没意思。于是，他开始整天出去玩，见不着人影儿。散宜氏看到丹朱这样没出息，很是心痛，不久就大病一场，离开了人世。尧也十分伤心，对丹朱完全失去了信心，把他送到遥远的南方，不愿再看到他。

后来，舜继位后，也学尧的样子，教自己的儿子商均下石子棋。就这样，一代一代流传下来，成了我们今天的围棋。

围棋

我国古代四大艺术：琴、棋、书、画。其中的棋，指的就是围棋。围棋的别名有很多，如：弈、烂柯、乌鹭、方圆、黑白、木野狐、鬼阵、大棋、手谈、坐稳等。围棋的规则十分简单，却拥有十分广阔的落子空间，使得下棋方法变化多端，比其他棋类复杂深奥，极具魅力。下围棋对人的智力开发很有帮助，可增强一个人的计算、创造、思维、判断能力，也能提高人的注意力和控制力。

快乐自在的许由

尧在位时,箕山一带有一个很小的部落,部落的首领叫许由,他品德高尚,才智过人。由于这个部落人口不多,所以许由不费什么力气就把它治理得井井有条。他十分向往那种自由自在的生活,看着自己的部落,心中感慨:其实如果让别人治理家园,也同样会使人们安居乐业啊。

就在此时,尧感觉到自己年事已高,处理事务有些力不从心,应该及早把继承人选出来。他召集各部落的首领开会,商议由谁来继承首领。有位部落首领说:"丹朱是您的长子,就由他来做下一任的首领吧!"

尧立马就否定了,他说:"丹朱的品行不好,常惹事端,不能以身作则,成不了天下人的表率,这个部落首领不能让他来做。"

另一个部落首领站起来推举负责水利事务的首领共工,尧认为不妥,他说:"共工表面上说的是一套,背地里干的又是一套,把帝位给他,让人不放心。"

否定了一个又一个,还是没有找到合适的人选。最后,尧向大家推荐了许由,他说:"我听说许由为人谦和,又十分有学识,足以担当领导联盟的重任。"

可是,许由却认为自己的德才不足以管理天下,又担心尧的几个儿子不服,引起内乱误了国家大事,让百姓受苦,于是推辞不干。

尧知道后,劝许由说:"太阳出来后普照大地,而用芦苇点燃的火炬熊熊燃烧,这火炬想要与太阳比光亮,那不是很难吗?天上已经降了及时雨,还要去舀水浇灌田地,那不是徒劳吗?我现在老了,快干不动了,还是让你来治理天下吧!由你出来继位,天下必然要比现在更好。"

一心只想着自由生活的许由听了尧的这番话,赶忙说:"您把天下已经治

理得那么好了，让我出来代替您，这不是让我惭愧吗？小鸟在树林筑巢，所占的不过是一根树枝；鼹鼠到河边饮水，喝再多也不过是喝满肚子。请原谅我，我实在是没有治理天下的本事，不能接替您的位置。"许由很委婉地拒绝了尧后，连夜赶到箕山脚下隐居了起来，他日出而作，日落而息，很是自在，再也不愿踏入世俗之中。

有一天，他放牧来到箕山西北部的山脚下，见这里山清水秀，草木繁茂，土地肥沃，有一个农夫正在耕地，便高兴地说："这真是个牛儿健壮，水土肥美的好地方啊。"农夫听了觉得很有道理，便给这儿起名叫牛田村。

许由住处对面有座很陡峭的山头，山上盛开着五颜六色的花草，生长着各种各样的树木。他早晚来到这里，站在山头上向西望去，欣赏着绵延数百里的群峰，茂密的松树挺拔高大，这美丽的景色实在是让人陶醉。由于他经常到这里逛来逛去，人们便称这里为逛山头。历经岁月变迁，便成了今天的光山头。

后来，尧还是希望许由来辅佐自己，又派人来到箕山请他去做九州长。来人传达了尧的心愿，苦口婆心地劝许由，让他出山。许由只想无拘无束地生活，就说道："我可以做良民，但不可任高官，我的意志很坚决，是不会跟您走的，您请回吧。"说完便到颍水边洗耳朵，要把刚刚听到那些名禄之言洗去，不再污染自己的耳朵。这条河就是现在清澈明丽、水质甘甜的洗耳河。

许由的朋友巢父也隐居在这里，这时正巧牵着一头小牛也来到河边，听说了这件事，便冷笑一声说道："哼，你若是到深山老林里去，谁能找到你？你故意在这里游荡，名声外扬，想让别人称赞你的清誉，现在惹出麻烦来了，完全是你自讨的。你洗耳朵把水都弄脏了，如果我的小牛喝了这水，会脏了它的嘴！"说完，巢父牵起小牛，径自到河的上游去了。许由听了这话，就往箕山更深处的地方隐居起来，过着田园生活，终生都没有出来做官，因此箕山也叫许由山。

淡泊名利的许由受到后人的尊敬，被奉为隐士的鼻祖。

许姓的祖先

许由是许姓的祖先。西周时期周王将许由生活过的地方封为许国，后来逐渐演变成许县。魏文帝曹丕因为"魏基昌于许"，改许县为"许昌"，这个名字一直沿用到现在。

尧舜禹禅让

　　上古时期,每当部落联盟的首领老了,部落里的成员就采用共同推举或选举的办法来选出新的部落联盟首领。尧让位给舜,舜又让位给禹。这种让位,历史上称作"禅让",它反映了原始公社的民主制度。

　　"禅让"通常指在位君主生前便将统治权让给他人,让更贤能的人统治国家,造福百姓。将权力让给异姓,称为"外禅";让给自己的同姓血亲,则称为"内禅"。

　　相传,尧德行高洁,胸怀博大,爱民如子,各部落的百姓都像冬天需要太阳那样依恋他,像旱天盼望甘霖那样仰仗他。尧老了的时候,觉得自己已经难以应付繁杂的政务,于是召集各部落首领开会,讨论继承的人选。这些部落首领一致推荐德才兼备、很能干的舜。

　　尧点了点头,说:"我也曾经听说过这个人不错。他究竟怎么样,能不能说详细一点?"

　　大家就把舜的情况说了说:舜的父亲是个盲人,糊涂透顶,不讲道德;舜的生母死得早,他的父亲又娶了一个女人,就是舜的后母,她爱说不话,对舜也不好;后母生的弟弟叫象,骄纵凶狠。舜虽然生活在这样一个家庭里,但他仍然能够尽孝道,跟他们和睦相处,是个难得的人才。

　　于是,尧微服私访,来到历山一带。他在历山的山坡上,见到了这个叫舜的年轻人。他身材魁伟,正赶着一黄一黑两头牛在犁地,牛屁股上各绑一个簸箕,在长方形的土地上不是顺着犁地而是横着犁地。

　　尧感到很奇怪,就问:"年轻人,人家犁地都是顺着犁,你怎么横着犁呢?"

舜说:"母亲交代要横着犁,我不能违背。"原来舜的继母,整天变着法地折磨他,如不照办就会惹出祸来。尧知道了舜的苦处,心想:此人宽宏大度,难得呀!

尧又问:"你把簸箕绑在牛屁股上这又是为什么呢?"

舜答:"鞭子打在牛身上它会疼的,如果拴一个簸箕,哪个牛走慢了我就打一下簸箕,牛就知道是打它,就走得快了。"尧听罢暗自称赞,觉得这个青年很仁德,对牲畜都能如此疼爱,对百姓的厚爱就可想而知了。

随后,尧与舜在田间谈了一些治理天下的问题。通过谈话,尧觉得舜明事理,晓大义,不是一般人。他又走访了方圆百里,百姓们都夸舜是一个贤良之才。尧觉得舜是个人才,可以将天下托付给他,但是尧没有马上让舜做自己的继承人,对舜他还要考察考察。

不久,尧把自己的两个女儿娥皇、女英嫁给舜,还替舜筑了粮仓,分给他很多牛羊。后母和弟弟见后,又是羡慕,又是妒忌,便联合舜的父亲一起用计,几次三番想暗害舜。

有一回,舜的父亲叫舜修补粮仓的仓顶。当舜顺着梯子爬上仓顶的时候,他就在下面放火,想把舜烧死。幸好,舜随身带着两顶遮太阳用的斗笠,他双手拿着斗笠,像鸟张开翅膀一样跳下来,一点儿也没受伤。

但是,他的父亲和弟弟并不甘心,又叫舜去掏井。舜跳下井后,他们就把一块块土石丢下去,想把舜活活埋在里面。没想到舜下井后,顺着井边早已经开凿好的孔道钻了出来,又安全地回家了。

象不知道舜早已脱险，得意洋洋地回到家里，跟父亲说："这一回哥哥准死了，这个妙计是我想出来的。现在我们可以把哥哥的财产分一分了。"说完，他向舜住的屋子走去，谁知舜正坐在床边弹琴呢。

虽然他们对舜不好，可舜还是像过去一样和和气气地对待他的父母和弟弟，不过他们再也不敢暗害舜了。

尧对舜的做法十分赞赏，于是又让舜管理国家事务。舜把各项事务都料理得井井有条。这样考验了舜三年后，帝尧十分满意，召见舜说："你考虑事情很周到，说了的事也能办得很有成效，就由你来继承我的王位吧。"

舜即位后，身先士卒，以身作则，勤劳俭朴，住在茅屋里，吃粗茶淡饭，身上穿着麻布袄，跟老百姓一起劳动，得到了大家的信任。过了几年，尧逝世，三年的守丧期结束，舜把天下让给尧的儿子丹朱，以显示自己谦让的美德。但各个部落的首领来朝拜天子，都不到丹朱那里去，而是来朝拜舜；百姓们都拥护、歌颂舜，而不拥护丹朱。舜说："这真是天意啊！"于是，他正式登上了天子之位。

舜上任后，任用22位大臣来主管各种专门事务。在舜的精心治理下，全国呈现出一派欣欣向荣的景象。后来，他也召开继位人选会议，进行民主讨论。那时候黄河经常泛滥，由于大禹治水有功，舜把王位传给了禹。舜到晚年身体不好，依旧到南方各地去巡视，竟病死在苍梧山上。不久，禹做了部落联盟的首领。

古琴

相传古琴是神农氏用纯丝为弦，桐木为身做成的，到了舜统治天下的时候，他将琴定为五弦，琴前宽后窄，象征尊卑之别。宫、商、角、徵（zhǐ）、羽五根弦分别象征君、臣、民、事、物。后来文王增一弦，武王伐纣又增一弦，从此古琴为七弦。流传于世的名曲有《广陵散》《高山流水》《平沙落雁》《梅花三弄》等等。

娥皇女英

传说尧有两个女儿娥皇和女英,姐妹二人也被人合起来称为"皇英",娥皇是姐姐,女英是妹妹。

尧为了考察舜的品行和能力就把娥皇、女英嫁给舜。这两个女孩都很孝顺,她们遵从父王的意见,同意了这门亲事。不过她们同时嫁给舜,究竟谁为正妻,谁为妃子呢?尧和夫人为了这个问题伤透了脑筋,一时间争论不休,难以定夺。这时,尧想了一个办法——煮豆子。尧给她们俩每人7粒豆子、7根豆秆,让她们在规定的时间里,谁先煮熟,谁就是正妻。

娥皇以为大火煮东西快,就采用的是大火煮法,豆秆很快就烧完了,可豆子还生得很。而女英很聪明,她觉得豆秆太少,大火燃烧的话,时间短,所以一定要用小火煮。就这样,还没等豆秆烧完,女英就把豆子煮熟了。转眼时间到了,女英赢了姐姐,尧决定让她为正妻。

但娥皇对这个结果不同意,她央求母亲再考她们一次。这一次母亲让她们纳鞋底,谁第一个纳完谁为正妻。娥皇一听,马上拿起针绳动起手来,想着这一次一定能赢。女英心细,她看看这些长长的细绳,便将绳子分成一节一节,每一节都有五尺那么长,准备工作做好以后,才开始纳鞋底,这时候娥皇已纳完一尺多绳子了。娥皇心里暗自高兴:这下可要取得胜利了。可是,女英虽然动手比较晚,但速度非常快,没多大工夫就纳了多半只鞋底。娥皇一见女英超过了自己,心里很着急,但越急越出错,汗水打湿了绳子,长长的绳子打了好多个结,做起来就更加费劲了。时间一到,又是女英赢了。

娥皇虽为姐姐,仍不想认输,真是让人左右为难。这时候,尧的大臣皋陶

又提出新的意见,他说:"选一个好日子,让她们一人乘车,一人骑马,谁先到了舜那里谁就是正妻。"

娥皇觉得骑马要比坐车快,抢先说道:"我要骑马。"

女英很谦让,就说:"既然姐姐骑马,那我就坐车吧。不过有个条件,坐车的要先行五里路,骑马的才能出发。"

娥皇想,不过就是五里的路程,骑马一会儿能追上,就同意了女英的意见。

良辰吉日一到，按照皋陶的规定，女英坐车先走了。不料，她的车在半路上陷入泥坑，随从们费了很大的力气才将车推了出来，可是他们没有发现车轮就要掉了，就继续前行。不久，车轮子掉了，不得不停了下来请木匠修理，就在这时，娥皇骑马赶来，虽然知道妹妹的车坏了，可还是骑马先走了。

等女英的车修好之后，又继续赶路。没走多远，就看见前面围着一群人不知道在干什么。女英好奇，就过去看看。原来是娥皇坐在一块石头上，愁容满面，低头不语，随从在一旁安慰。原来是娥皇骑的马刚刚生了小马驹，耽搁了行程。女英连忙下车安慰姐姐说："姐姐，我们一起乘车赶路吧。"

两姐妹坐在车上，想想这几次比赛，都倾吐了心声，把争大争小的事，扔到了九霄云外。她们商议，以后不分大小，还像没出嫁以前那样快乐地生活，相互照顾。娥皇觉得妹妹比自己聪明，就让她在家处理家事，自己去田里劳动。

不知不觉，车已到达舜的家乡，只见道路两旁都是来迎接她们的人，当晚就举行隆重的拜堂礼仪。婚后，娥皇果然去田里劳动种庄稼，女英留在家中侍奉双亲，两姐妹相处得还是那么好。

舜的继母对舜不好，总想害他，她们齐心合力帮助丈夫，一次次躲过了危机。

有一次，舜的父亲叫舜去挖井，舜刚刚下

到深处，他的父亲和弟弟就急急忙忙地取土，把井填上，想活埋他。好在娥皇和女英早早知道他们的阴谋，提前让舜在水井的侧壁凿出一条暗道，这才捡了一条命。

在舜当上部落联盟的首领之后，娥皇和女英的地位更加尊贵，但她们并不贪图享乐，生活十分简朴。她们二人尽心尽力辅助舜管理国事，让百姓们安居乐业。

舜执政第三十九年的时候，九嶷(yí)山一带发生战乱，他想到那里视察一下实情。娥皇和女英知道了他的这个想法，觉得舜已经上了年纪，身体不如从前，争着要和他一块去。舜觉得此去山高路远，怕两位夫人受罪，就带了几个随从，悄悄地出发了。

可是舜再也没有回来，他死在苍梧的原野，人们把他安葬在九嶷山上。

噩耗传来，娥皇和女英便要去九嶷山，陪伴她们的丈夫。她们来到湘江边，却被江水阻隔。她们远远地望着九嶷山，眼泪早已经打湿了衣襟。两人筋疲力尽，扶着江边的竹子，不停地痛哭。眼睛也哭肿了，嗓子也哭哑了，到最后眼泪都流干了，双眼流出来的都是红红的血。她们深爱的丈夫死了，两人痛不欲生，就跳入波涛汹涌的湘江，和湘水融为一体。人们为了纪念两位夫人，就称他们为湘江女神，或湘夫人。她们的眼泪，挥洒在竹子上，竹子上满是斑斑的泪痕，这泪痕再也掉不下去，就变成了斑竹，人们也叫斑竹为湘妃竹。

九嶷山

位于湖南省南部永州市宁远县境内。山上有一种九嶷斑竹，又名湘妃竹、泪竹，是我国一种稀有珍贵的竹子，斑竹的外皮，有逼真的泪痕和指痕，呈棕黑色或紫晕色。毛泽东曾写过"九嶷山上白云飞，帝子乘风下翠微。斑竹一枝千滴泪，红霞万朵百重衣。洞庭波涌连天雪，长岛人歌动地诗。我欲因之梦寥廓，芙蓉国里尽朝晖。"的诗句。

大禹治水

尧在位的时候,由于气候转暖、积雪消融,处在黄河下游的中原地区常年被洪水侵扰,泛滥不断,庄稼被淹,房子被毁,百姓流离失所,无家可归。尧心系黎民百姓,看到这种情况,整天忧心忡忡。他询问属下说:"当今世上,谁有才能治理水患呢?"群臣和各部落首领都说鲧(gǔn)可以担任这个职务。

尧说:"鲧这个人违背天命,用不得。"

但是部下都希望他能让鲧试一试,因为那时候众位臣子还没有比鲧更有治水经验的。于是尧听从了大家的说法,派鲧去治理水患。

鲧用了9年时间,都没有把洪水治好。舜代尧巡视天下的时候,发现鲧用堵截的办法治水,却一点儿效果也没有,还夺去了许多人的生命,犯下弥天大罪,于是决定严厉地惩罚他,把他流放在羽山,不久,他就死在了那里。

鲧虽然被处罚,但水患还没有消除。舜推举了鲧的儿子禹接着来治理水患。大禹接受任务以后,立即召集百姓前来帮忙,想尽快把水患治理好。他亲自视察河道,认真查看,总结父亲鲧失败的原因。经过一段时期的考察,大禹果断地决定改革治水方法,变堵截为疏导,并亲自翻山越岭,淌河过川,左手拿着准和绳,右手拿着规和矩,又带着可以测方向的工具,从西向东,一路测量地形的高低,竖立木桩作为标志,规划水道。他带领治水的百姓,走遍各地,根据事先立好的木桩,碰到山就开山,遇到低洼的地方就筑堤,为的是尽快疏通水道,把洪水引入大海。

大禹因为父亲鲧治水无功而受罚,感到十分难过。他立志一定要把洪水治理好,为了治水,他舍小家为大家,劳心费神,不怕辛苦,忘我工作,轻易不休

息。他新婚后才四天,就离开妻子,重新踏上治水的道路。

在治水的过程中,他还十分关心百姓的疾苦。有一次,他看见一个人穷得把孩子卖了,就把孩子赎了回来。见有的百姓没有吃的,他就把仅有的粮食分给百姓。而他自己穿的是破烂的衣服,吃的是粗劣的食物,住的是简陋的席子,每天还要亲自动手,带头干最苦最脏的活。几年下来,他腿上和胳膊上的汗毛都被磨光了,脚也泡烂了,长了好多血泡,手掌和脚掌结了厚厚的老茧,身体干枯,脸庞黑瘦,像经历了一场大病似的。终于,在大禹的带领下,经过13年的不懈努力,他们开凿了无数座山,疏通了无数条河,修筑了无数个堤坝,使得天下的河川最终都流向大海,终于根治了水患。

这13年,大禹为了治水,曾经几次路过家门都没进去。他的儿子长到7岁,都没有见过父亲。

洪水退去之后,一块块平原露出水面,大禹带领百姓在田间修起一条条沟渠,引水灌溉,种植了粟、

黍、豆、麻等农作物，还让百姓在地势低洼的地方种植水稻，极大地促进了农耕的发展，人们再也不受洪水的困扰了。

由于大禹治水成功，舜继承帝位后，在一次隆重的祭祀仪式上，将一块黑色的玉圭赐给禹，以表彰他的功绩。不久，又封大禹为伯。这个时候，大禹深得民心，其威望达到了顶点。

百姓称颂他说："如果没有大禹，恐怕我们早就变成鱼和鳖了。"

舜也称赞禹说："禹啊禹！你真是我的胳膊、大腿、耳朵和眼睛啊！当我想为民造福的时候你辅佐我。当我想观天象，知日月星辰、穿漂亮的服饰，你向我进谏。当我想用六律五声八音来治乱，宣扬五德，又是你帮助我。你从来都不当着我的面夸赞我，却总是背地里赞扬我。你的真诚、德行和榜样，使人们纯正无邪。你发扬了我的圣德，功劳太大了！"

舜在位第三十三年时，把部落联盟首领的位子禅让给了大禹。在众多诸侯的拥戴下，大禹正式成为首领。

大禹在治水的过程中，由于他对各地的地形、习俗、物产都了如指掌，为了巩固自己的统治，将天下重新划分为九个州，并规定了各州的上贡物品的种类，开通了各地朝贡的方便途径，形成了九州八方朝拜天子，四海安定的大好局面。大禹还大量收取天下的铜，铸成了九个鼎，作为天下共主的象征。

九州是哪九个地方

九州，即冀(jì)州、兖(yǎn)州、青州、徐州、扬州、荆州、豫(yù)州、梁州、雍(yōng)州。铸造九鼎时，将九州的名山大川、奇异之物刻在九鼎上，一只鼎象征一个州，并将九鼎集中于都城。这样，九州就成为我国古代的代名词，而九鼎成了王权至高无上、国家统一昌盛的象征，进而成为国家传国宝器。这九只鼎从夏传到商，又从商传到周，到秦始皇灭六国，统一天下时，九鼎下落不明。后人也将争夺政权称之为"问鼎"。

中华司法的鼻祖——皋陶

上古时期，黄帝的后代中有一个叫皋陶(gāo yáo)的人，传说他的脸是青绿色的，嘴突出来，像鸟嘴一样，让人看了之后就心生敬畏，因此，尧在位的时候就让他做了大理官，主管司法。

到了舜统治天下的时候，经常有四方的蛮夷来侵扰华夏之地，他们为非作歹，中原人民深受其害，面对这种情况，舜想让皋陶继续负责司法。有一天，舜召见了皋陶，对他说："皋陶，那些蛮夷不时来侵扰我们，抢夺我们的财物，伤害我们的人民，就由你来做狱官之长，制定各种刑罚和使用方法，使天下太平吧。"皋陶答应了舜的要求。

舜接着对皋陶说："希望你能做到公正明允，这样民众才能信服啊！"

皋陶对刑罚有着自己的见解，他认为君主治理天下，要赏罚分明，仁德不可乱施，酷刑也不能乱用。对于那些故意犯罪的人，不论罪有多小，都要进行处罚；如果只是怀疑有的人犯了罪，就从轻处罚；反过来，如果觉得谁有功劳，就从重赏赐；惩罚那些犯了错误的人，不要涉及他的后代，而赏赐功臣却要延续到子孙。如果君主的所作所为符合民心，老百姓就会本本分分地过日子，不惹是非，大臣们就会兢(jīng)兢业业地辅助君主，建功立业。

有一次，皋陶的手下送来两个犯人，他们犯了同样的罪，可是所受到的惩罚却不一样。手下的人十分不解，就问他："大人，为什么这两个人犯了同样的罪，得到的惩罚却一个轻一个重呢？"皋陶回答说："这个很简单，我让人调查了他们犯罪的记录，其中的一个并不是故意犯罪，对于这样的人，要宽恕他们，用一般的惩罚来教育，使他们以后不敢再犯就可以了；而另外一个人，竟是屡

教不改，故意犯下了罪行，对于这样的人，就绝对不能姑息，要重重责罚。你们以后在执法过程中，也要严谨，不能伤害无辜，知道吗？"

皋陶审理案件的时候，不免遇到难以决断的事，不过这也难不倒他。据说他养了一只獬豸(xiè zhì)，这只神兽长的有点像麒麟，可是却只长了一只角，所以人们也叫它独角兽。它的双眼炯炯有神，仿佛能洞穿一切的样子，能听懂人说的话，并根据这些话来明辨是非曲直，识别善恶忠奸。当人们发生冲突或纠纷的时候，獬豸能用角指向无理的一方，甚至会用角将罪该万死的人抵死，令犯法者不寒而栗。如果它发现奸邪的官员，就用角把他触倒，然后吃下肚子。因此，只要是皋陶遇到疑难，就把獬豸牵出来，看它的角朝向那一边。

在皋陶做大理官的时候，天下没有出现过虐待犯人、冤枉无辜的事情，而那些蛮夷们也十分惧怕，纷纷逃回了自己的领地。天下终于太平了，舜很高兴，觉得皋陶实在是个难得的人才，因此经常叫他来一起商量政事，还给他一块封地。

为了惩罚一些犯人，不让他们四处乱走，皋陶画地为牢，他在地上画好了一个大圈之后，就让那些要受到囚禁的犯人进去，反思自己的过错。经过千百年的变迁，逐渐形成了监狱，皋陶也被后人尊为狱神。

皋陶和大禹同时为官，大禹经常向他讨教治国之道。有一次，他对大禹说："检验一个人的行为和言论可以依据九种品德，要用事实作为依据，而不是随口说某人的德行好坏。"

大禹问："请问什么叫九德？"皋陶回答

说："九德就是为人处世时宽宏大量而又能严肃恭谨,性情温和却又有主见,态度谦虚而又能庄重不失威严,具有才干还能办事认真,善于听取别人意见而又刚毅果断,行为正直而又态度温和,直率豁达却还能注重小节,刚正不阿而又脚踏实地,坚强勇敢而又符合道义。"

大禹又问:"拥有这九种品德的人会怎么样呢?"皋陶回答说:"能在平常为人处世中表现出这九种品德的人,做什么事情都会吉祥顺利。假如拥有了九德中的三德,早晚恭敬努力地去实行,就可以做卿大夫。每天都能庄重恭敬地实行九德中的六德,就可以辅助天子处理政务,成为诸侯。如果哪个人能拥有九种品德,并能很好地按照九德去做,那么他一定能做一番大事业。"

由于皋陶的辅助,大禹继承了舜的君主之位,皋陶依然掌管一切司法之事。他总结了长期的工作经验,归纳了偷窃、抢劫、奸淫、杀人等多项罪名,还根据这些罪的轻重,制定了不同的惩罚,这就是《狱典》。他把《狱典》刻在树皮上,进献给大禹,大禹看后觉得这些条例很好,就让他去实施。

根据禅让的制度,大禹推荐了皋陶为自己的继承人,并且让他处理许多政务。可惜,大禹还在位的时候,皋陶就去世了。由于他辅佐了尧、舜、禹三代君主,兴"五教"、定"五礼"、设"五服"、创"五刑"、亲"九族"、立"九德",这些重大举措加强了部落间的联系,因此他被后人尊为"上古四圣",与尧、舜、禹齐名。

残酷的五刑

五刑包括墨(在额头上刻字涂墨)、劓(yì,割鼻子)、剕(fèi,砍脚)、宫(阉割)、大辟(死刑),这些刑罚十分野蛮。到了西汉文景时期废除了肉刑,产生了以自由刑为主的封建五刑,主要是笞(chī,用鞭子或竹板拷打)、杖(用棍打)、徒(拘禁使服劳役)、流(流放)、死(死刑)。除主要的五刑之外,还有许多刑罚,也十分残忍。

夏启——家天下的开始

夏启，是治水大英雄大禹的儿子，颛顼的后代。

大禹治水有功，又有着高尚的品德，深得万民的拥护。舜去世后，把帝位"禅让"给了大禹，大禹正式成为部落联盟的领袖。大禹在晚年的时候，也想效仿尧舜，找一个贤能的人来接替自己的位置。最初，人们推举皋陶，他在帝舜时就掌管刑法，人们都很信任他。但是没等接任，他就生病去世了。后来经过大家的商议，一致推举伯益做大禹的继承人。

伯益曾经和大禹同朝为官，是大禹治水的主要助手。在大禹继承帝位后，他辅助大禹开垦荒地、种植水稻、凿挖水井，他还发明过一种凿井的新方法，非常实用，并把这个方法教给人们。他还非常擅长畜牧和狩猎，所以在当时人们的心目中，伯益是仅次于大禹的一位英雄。大禹虽然决定传位给伯益，但是国家的许多大事，他也让自己的儿子启去管理。

过了十年，大禹到东方巡视，在路上生病去世，于是伯益继承了王位，他尽心尽力地办好丧事，服丧三年之后，他把王位让给了大禹的儿子启，自己就跑到箕山南面的一个地方躲了起来。他本以为天下

人还能像大禹继位时那样，都来朝拜自己。可是，事与愿违，由于他辅佐大禹的时间比较短，这三年服丧期间也没有什么功绩，而启在处理国家大事的时候处理得很好，也很贤德，天下人都愿意做他的属下。于是诸侯们一个一个离开伯益，去朝见启，还纷纷说："君主是我们帝禹的儿子啊"。

尽管启已经继承了王位，但许多部族对他改变"禅让"传统的做法十分不满，认为他不应该这样做。有一个部族首领有扈（hù）氏，站出来反对启的做法，也不来朝拜，还要求他按照部落会议的决定，还位于伯益。于是，启就和有扈氏在甘泽（今陕西户县一带）决战。启带领六军兵士挥舞刀枪，呐喊着冲向有扈氏的队伍。

启对将士们说："将士们，我要告诉你们，有扈氏不守规范，背离正道，上天要惩罚他，结束他的性命。我今天就执行上天对他的惩罚。你们谁不服从命令，就严惩谁，让他的家属世代为奴！服从命令的我就在先祖神灵前奖赏他。"

经过一场厮杀，有扈氏被打败了，从此以后再也没有人反对启继位了。

启的王位终于坐稳了，他停止"禅让"制，自行继位，并建立了我国历史上第一个朝代——夏，他成了夏朝第一代国君。从此，"禅让制"变为"世袭制"，父亡子继的家天下制度取代了任人唯贤的公天下制度，奴隶制社会开始了。

世袭制的产生

世袭制取代禅让制，标志着部落分散统治结束和奴隶制国家的诞生。先秦时代，我国实行世卿世禄的制度，上至天子、封君，下至公卿、大夫、士，他们的爵位、封邑、官职都是父子相承的。世袭制的继承除了父死子继，还有一种就是兄终弟继。帝王的世袭制一定程度上有利于国家的统一，但是也体现出很大的弊端，继承人的选择上范围窄狭，所选帝王有优有劣，所以经常有幼儿、白痴、浪子、昏庸之徒众继承王位，难免祸国殃民。

少康复国

扫码查看
☑ 中华故事
☑ 典故趣闻
☑ 能力测评
☑ 学习工具

夏启建立夏王朝，确立"家天下"局面后，起初，还能严于律己，过着粗茶淡饭的俭朴生活。等巩固了王位以后，他的生活逐渐变得腐化起来，整日饮酒作乐，歌舞游猎。启死后，他的儿子太康继位。

太康是个酒色之徒，整天打猎，不理朝政，国力渐渐衰弱。有一次他出门打猎，100天都没回来。这时，黄河下游一个有穷部落的首领后羿带着部队乘虚而入，很快就占领了夏都，夺取了政权。他不让太康回到国都，太康在流亡中死去。这就是历史上的"太康失国"。

刚开始后羿还不敢自立为王，他将太康的弟弟仲康立为傀儡王，自己则掌握国家大权。仲康一死，后羿就赶走了仲康的儿子相，自己做了夏王。他仗着自己是神箭手，耀武扬威，和太康一样四处打猎，把国家大事交给寒浞(zhúo)，寒浞这个人善于献媚、挑拨是非，野心极大。有一天，后羿打猎回来，寒浞设计杀死了他，并夺取了王位。

寒浞怕仲康的儿子相的势力壮大威胁他的统治，就派兵杀死了相。相的妻子后缗(mín)这时候正怀孕，她顾不得失去丈夫的悲伤，为了肚子里的孩子，从墙洞里偷偷爬了出去，投靠自己的娘家有仍氏。第二年，后缗生了个儿子，取名为少康。

少康从小就很聪明,懂事以后,母亲就告诉他亡国的惨痛经过,叮嘱他日后一定要报仇雪耻,重新复兴夏朝。从此,他发愤图强,立志要夺回天下。他在外祖父手下担任管理畜牧的官,平时一有机会就学习带兵作战的本领。不久,寒浞派兵来搜捕少康,少康逃奔到有虞(yú)氏的部落。

有虞氏首领虞思让他担任管理膳食的官,并且学习理财的本领。虞思很喜欢少康,就把自己的女儿嫁给他,还给了他一块方圆10里的肥沃土地和500名兵士。少康有了根据地和军队,开始复国之路。他宣传祖先禹的功德,努力争取百姓支持他复兴故国,并召集夏朝的旧臣前来和他会合。

当时,有个名叫靡的人,原是相的属下,寒浞夺取王位的时候,他趁机逃走了。他时时刻刻都想着打败寒浞,召集流亡的将士,积蓄实力,等待时机复兴夏朝。当少康打算复国的时候,他第一个响应号召,带领军队和少康会合,拥戴少康为夏王。

一切准备就绪后,少康出兵攻打寒浞,一路上势如破竹,不久就攻克旧都,诛杀寒浞,夺回了王位,这就是历史上的"少康复国"。

少康自幼历尽苦难,知道百姓的疾苦,复国后勤于政事,讲究信用。在他的治理下,天下安定,文化昌盛,各部落都拥戴他,夏朝再度兴盛,史称"少康中兴"。

后羿善射

历史上有两个叫羿的人,一是生活在尧时代的羿,还有一个是夏朝的羿,有穷部落的首领,人们尊称为后羿。到底是哪个羿射下了九个太阳,总是争议不断。不过他们都擅长射箭,弓箭在石器时代就是人们狩猎的工具,后来成为战争用的利器。到了近代,射箭从军事上分离出来,成为习武强身的运动项目,还被列为奥运会正式的比赛项目之一。2008年北京奥运会上我国选手张娟娟获得女子个人射箭冠军,打破了韩国独揽该项目金牌的神话!

残暴的夏桀

夏朝统治中原将近 500 年，它的最后一位君主是癸，也就是夏桀。桀就是残暴的意思，他是我国历史上有名的暴君。

夏朝在夏桀即位之前就已经是内忧外患，王室腐败，各方诸侯都不大听从君主的调遣，也不怎么来王室朝贺，国家已经开始衰落了。夏桀本是个文武双全的人，他不用依靠任何工具就能把大铁钩拉直。百姓本以为他能带领大家把国家治理好，重新强大起来。可惜他虽然有过人的天赋，却不懂得好好利用，一点都不想着改革弊治，反而只知道享乐，荒淫无度，崇尚武力且十分残暴。

他非常贪婪，为了满足私欲，横征暴敛，经常向诸侯们索要物品，要什么就得给什么，而且一次比一次多，如果不给，就派兵攻打他们。

人们经常私下抱怨，一个叫有施的诸侯国就带头不朝贺也不进贡，这可引起了夏桀的怒火，在他即位的第三十三

年，他决定要以武力征服有施，树立自己的威风。有施的首领虽然敢和夏桀公开叫板，却挡不住夏桀的数万大军，几个月之后，他放弃了反抗，为了求和，他献出了大量的牛羊、马匹、珠宝……可是夏桀却一定要血洗有施。有施的首领没有办法，就献出公主妹（mò）喜，这可是全国最美丽的姑娘。

妹喜长得特别漂亮，眉清目秀，婀娜多姿，真是人见人爱。夏桀也没有抵挡住妹喜的魅力，果然停止了战争。他十分宠爱妹喜，封他做妃子，还特地为她建造华丽的宫殿，就连睡觉用的床都是用玉做的。而建造宫殿动用了成千上万的奴隶，花的钱也像流水一般，一时间人们苦不堪言。

妹喜十分喜欢听锦帛撕裂的声音，夏桀就下令宫人从库房里搬出锦帛，在妹喜面前撕裂出声响，来博得妹喜的欢心。那一匹匹精美又昂贵的锦帛，没多大功夫就变成一地的碎片，夏桀却一点都不在乎。

为了能和妹喜寻欢作乐，他修建一个大酒池，这个酒池大到可以在里面划船。他就在船上饮酒狂欢，随从们不分男女也都得陪着他喝酒，看到大家醉得不成人样，他就很高兴。人喝醉之后淹死在酒池里的事情时有发生。等到他喝醉的时候，随从们就倒霉了，他把人当马来骑，谁要是不让他骑，就会遭到一顿暴打。被骑在底下的人爬不动了，他就再换一个，直到他累了去睡觉，大家才能松一口气。

商部落的首领汤看不下去了，就把他的属下伊尹推荐给夏桀，希望在伊尹的劝说下夏桀能有所收敛。伊尹来到王宫，他列举了尧、舜的仁政，劝夏桀能体谅百姓的辛苦，不要无止境地剥削。可夏桀左耳朵听了，右耳朵就冒了出去，根本没有放在心上。伊尹无可奈何，只好离开他，回到商汤的身边。

夏桀晚年的时候，变得更加荒淫无度，经常一整月都不上朝，一味地寻欢作乐，剥削百姓。担任太史令的终古哭着向夏桀进谏说："大王，您要爱惜民力，不要因为贪图享乐就弃百姓于不顾啊！"

夏桀十分不耐烦，斥责终古说："你还有完没完？一天到晚多管闲事！"

终古知道夏桀已经无可救药，就离开夏都，投奔了商汤。

有一个叫关龙逢（páng）的忠臣，看到夏桀的暴行，流着眼泪说："有德行的君主节俭又爱护贤才，王朝才能稳固，天下才能安定。如今大王您奢侈无度，嗜杀成性，已经失去了民心，只有赶快改正过错，才能挽回人心。您如果还不改变，恐怕会有灾祸啊！"

夏桀看到关龙逢的样子，心里很不耐烦，一怒之下就命手下把他抓了起来，没多久就杀了他。

看到夏桀如此残暴，忠臣们走的走，死的死，夏桀身边就只剩下一些奸诈小人了，有个叫赵梁的人，专门教夏桀怎么享乐，如何勒索和残害百姓，夏桀就很宠信他。

夏桀天真地认为他的统治永远不会被推翻，他没心没肺地说："天上有太阳，正像我有百姓一样，太阳会灭亡吗？太阳灭亡，我才会灭亡。"

可是生活在水深火热中的百姓们，对夏桀已经忍无可忍，纷纷指着太阳咒骂夏桀："你这个可恶的家伙，什么时候灭亡，我们情愿和你一起灭亡。"

残暴的夏桀终于引起了天下人的反抗，商汤起兵，灭掉了夏朝。

仪
狄
酿
酒

我国是酒的故乡，是世界上酿酒最早的国家之一，中华民族五千年历史长河中，酒和酒类文化一直占据着重要地位。相传夏禹时期的仪狄发明了酿酒，他把酿好的酒献给大禹，大禹品尝过后就下令禁止饮酒，还说："后代一定会有人因为好酒而亡国。"少量饮酒能促进血液循环，通经活络，祛风湿，然而过量喝酒，人就会被酒精麻痹，在不清醒的情况下做一些失去理智的事情。

玄鸟生商

舜治理国家的时候，曾经任命一个年轻人负责管理民众、土地教育等事情。这个年轻人就是契，他把工作做得十分出色，在他的教导下，人们都很有礼貌，父母慈爱、子女孝顺、兄弟团结、夫妻相敬。他还帮助大禹治理洪水，立下功劳，受到了大禹的欣赏。后来他被大禹封到商这个地方做首领，他就把商作为宗族的名号，管理这个地方，他的子孙世世代代在这里繁衍生息。这里的子民十分崇信玄鸟，这是怎么一回事呢？原来商人都相信一个美丽的传说：

相传黄帝有 25 个儿子，其中有一个儿子叫玄嚣（xiāo），玄嚣又生了蟜（jiǎo）极，蟜极的儿子就是帝喾（kù），玄鸟生商的故事就从这里开始。

帝喾 30 岁的时候，颛顼（zhuān xū）帝去世，他成为帝王，把都城定在了亳（bó）。他有几个妃子，其中一个妃子名叫简狄，简狄是有娀（sōng）氏部落首领的女儿，论相貌真是千里挑一，而且聪明伶俐，知晓天文，脾气又好，心地也善良，常常帮助那些孤苦的老人，送给他们衣食，因此帝喾很喜欢她。虽然得到丈夫的宠爱，可是两人成亲几年，她一直都没有生小孩，心里很着急。听说家乡有座媒神庙，谁要是没有儿女，向它诚心祷告之后，就会怀孕生子，非常灵验。

正是春暖花开的季节，简狄把祭祀媒神的事情跟帝喾一说，帝喾就同意了她的要求，还亲自带着她一起去求子。到了媒神庙，她摆好祭品，在媒神神像前虔诚祈祷，希望媒神显灵，赐给她一个孩子。

仪式完毕，回来的路上，简狄的两个妹妹想在郊外多玩一会儿，她们商量好了就一同央求姐姐说："姐姐，我们听说不远处有个叫玄丘的地方，那里有湖水，清澈无比，我们去那里沐浴，洗去一身的疲劳，好不好？"

简狄也觉得有些劳累，就同意了她们的请求。姐妹三人在湖水里沐浴过后，就在那玩起水来，正高兴的时候，天空飞来一只黑色的燕子，在天上盘旋了一会儿之后就落在了简狄旁边的石头上。过了一会儿，燕子飞走了，石头上留下了它刚刚产下一枚鸟蛋。简狄走了过去，她怕鸟蛋裸露在外，被野兽吃掉，打算把鸟蛋放到隐蔽的地方。她小心翼翼地拿起鸟蛋，发现这枚鸟蛋和平时见到的很不一样，蛋壳上有五颜六色的花纹，十分好看。

这时候，简狄的两个妹妹也好奇地赶来，她们看到鸟蛋之后，就想拿过来看仔细。二人谁都想先得到它，就嬉闹着争抢了起来。简狄生怕她们损坏了鸟蛋，可这水边又没有隐蔽的地方可藏，情急之下，把鸟蛋放进了嘴里。两个妹妹见状，就笑话她，闹着让她赶紧拿出来。她们对简狄说："我们不争不抢，不会弄碎它，你就给我们看看吧。"

简狄见她们真心想看，就决定把鸟蛋吐出来，可是她觉得鸟蛋好像不想出来，变得很滑，一下子就滑进了肚子里去，一股暖流，从喉头直达腹部。这时候天色已晚，三个人赶紧收拾衣衫，随着帝喾回到了家。

到了家中，简狄觉得腹中异样，好像有东西在动一样，她躺在床上，连续几天都没有胃口吃饭。帝喾见状，赶紧找来人来给她看病。医生诊断说："恭喜夫人，这不是生病，而是怀有身孕啊。"

帝喾和简狄很高兴，认为腹中的孩子是天神所赐，心中很是感激。过了十个月，简狄生下一个小男孩。简狄为这个孩子取名为契。

契出生之后，一直跟在简狄身边。简狄全心全意地教导他各种知识和做人的美德，而他也聪明懂事，把母亲所教的东西都牢牢记住。长大以后，他果然成为一个有能力有智慧的人，成为商朝的开国先祖。

这个玄鸟生商的故事，世世代代一直流传下来。后来商逐渐强大，消灭了夏朝，成为我国历史上第二个朝代。

帝喾

帝喾是古代圣王，被列为"五帝"之一，他很有智慧，做事情明察秋毫，理解民间疾苦，仁慈又有威信，又很有诚信，人们对他都很信服。他在位70年，天下大治，人民安居乐业。

帝喾有四个妃子：元妃姜原生了弃，是周的始祖；次妃简狄生了契，是商的祖先；次妃庆都生了尧，是历史上有名的圣贤之君、五帝之一；次妃常仪生了挚，继承了喾的帝位，九年后禅让给帝尧。

仁慈的商汤

在黄河的下游，有一个商部落，到了夏朝末年的时候，部落的首领叫汤。汤是契的第十四代孙子，和他的祖先一样，他很能干，并且是一位十分宽厚仁慈的首领。

商汤也效仿尧舜四处寻访贤人辅助自己治理国家，他经常带领大臣们出外巡视四周的农耕和畜牧的情况。有一天，天气很好，商汤兴致勃勃地外出游玩，顺便体察一下民情。一行人走着走着就到了郊外的山林中，只见林中有一个人在树上挂起几张网，嘴里还不停地念叨着什么。他想看个究竟，就走上前去，原来这是捕鸟用的网，那个挂网的人是当地的农民。农民挂好网之后，接着念叨："网已经挂好了，鸟儿们呐，不论是天上飞来的，还是地上跑来的，不管你从哪个方向来，都到我的网里来吧。"

商汤看不下去了，这样鸟还有活路吗？岂不都被捉了去，任人宰割？于是他就对那个人说："你这样做，太过分了吧，怎么可以这样赶尽杀绝呢？如果你撤掉三面的网，只留下一面网捕鸟就好了，这样你不亏，鸟也有个活路，不是吗？"

农民听了之后，就按照商汤的指示，撤走的三面的网，只留下一面网捕捉鸟兽。

这时候商汤就对着网说："天上的飞禽，地上的走兽，想往左跑的，就往左跑；想往左飞的，就往左飞，左边就是自由啊！想往右跑的，就往右跑，想往右飞的，就往右飞，右边就是活路啊！至于那些不听话、不想逃命的鸟兽们，你们才往中间钻吧！"

他说完这些话之后，接着就对那个农夫和他自己的随从人员说："对待禽兽也要有仁德之心，不能把他们捕尽捉绝，如果捉绝了，恐怕我们以后就再也见不到它们了。治理国家、管理人民也是一样，不能把事情做得太绝，也不能把人民的劳动果实都收为己有，只有夏桀(jié)那样的君主才能做出这样的事。"

随行的人听了以后，都称赞商汤说："大王您真是一个仁德的人啊。"

这件事很快就传播开来，百姓也都称赞他宽厚仁慈，纷纷拥护他，商汤的势力进一步壮大了。

那时候商的畜牧业已经很发达了，商汤见有大片大片的荒地没人耕种，就鼓励自己的子民开荒种地，这样农业也发展起来了，国库中储藏了许多粮食，吃也吃不完。邻近的小国发生灾荒的时候，商汤就主动拿出他的牲畜和国库里的粮食，救济他们，这些小国都十分感谢商汤的恩德，逐渐听从了商汤的调遣。

由于商汤如此仁慈，所以在他讨伐夏桀的时候，人们都站在他这边，没多久他就统一了中原，开创了我国第二个朝代——商朝。真是得民心者得天下，失民心者失天下啊！

商 汤 祈 雨

相传商建国之后，曾经大旱七年，老百姓生活得很艰难，汤决定亲自祈雨。爱民心切的汤用六件事来责备自己，而且把自己当作牺牲品，献给上帝鬼神，以取悦于上帝鬼神，使人民免于干旱之天灾。他的话还没说完，天上就下起了大雨，解除了天下大旱。

从奴隶到帝王之师的伊尹

　　夏朝末年的时候，在伊水的水边，一个采桑女在水边的大桑树树洞里面捡到了一个男婴，她不忍心丢下他不管，抱回去献给了有莘(shēn)国的国君。国君就把男婴交给他的厨师抚养，这个树洞里面的男婴就是后来名垂千古的伊尹。

　　伊尹是个很聪明的小孩，很有心计，他的父亲是位厨师，从小耳濡目染，他也很精通烹饪。他们家虽然祖祖辈辈当奴隶，没有什么地位，可他是个很有志气的人，心忧天下，想做一番大事业。他勤奋学习，研究三皇五帝还有一些英明的君主是如何处理政事、治理国家的。同时，他也观察着当时的社会现象，并有了自己的一些见解。他觉得现在的君主夏桀并不是个明君，在他的统治下，人民的生活很艰难，夏朝的气数已尽，灭亡是早晚的事情。

　　有莘国的国君还比较贤德，伊尹为了接近有莘国君，劝他起兵灭夏，他也成为莘国君的贴身厨师。后来，有莘国君发现这个人很有才华，就提拔他管理整个御膳厨房，还让他当自己子女的老师。可是有莘氏与夏朝有血缘联系，而且有莘国比较弱小，要灭夏恐怕是不行的。

　　经过观察，他觉得商汤是杰出的首领，就决定投奔汤。当汤娶有莘氏的女

儿为妃子的时候，伊尹就自愿作为陪嫁的奴隶，一起来到了商，成了商汤的厨师。

伊尹做的饭菜很好吃。有一次，他做菜时故意多放了些盐，商汤就问伊尹："平时你做的菜特别好吃，今天是怎么回事呢？"

伊尹便借机回答道："天下的美味很多，不同的原料要用不同的方法去做，做菜的时候既不能太咸，也不能太淡，要调好佐料才能变成佳肴；治国如同做菜，既不能操之过急，也不能松弛懈怠，只有恰到好处，才能把事情办好。"

商汤一听，很受启发，他觉得眼前这个人很有智慧，是个难得的人才，于是废除了他奴隶的身份，提拔他做了官，经常与他探讨治国之道。

有一次在河边，商汤指着水面对伊尹说："我以前说过这样的话：人照一照水面，就能看到自己的样貌，国家治理得好不好，看一看老百姓就知道了。"

伊尹说："您真是英明啊，听得进去劝谏，道德才会提升，凡是品德高尚做好事的人都要任命为朝廷的官员，这样才能治理好国家，百姓才能过上好日子。"

伊尹帮助商汤出谋划策，尽心尽力，终于打败了夏桀，建立了商王朝。他不仅是商汤夺取天下的功臣，还当了 20 年的商朝宰相，在商汤去世之后又辅佐了三任商王，奠定了商朝多年的基业。他是有记载的第一位宰相，也是第一个由奴隶成为宰相的人。伊尹活了一百多岁，成为我国历史上第一位贤能的宰相，他所处的年代要比孔圣人早出 1363 年之多，史称元圣人。

伊 尹 发 明 煎 草 药

伊尹不但有高超的烹饪技巧，还因为他辅佐君主的显著功绩被后人称为圣人，而他在医药方面也有重要的贡献。相传他医术高明，汤药就是他发明的。他看到病人嚼中草药很难下咽，就根据做饭的道理进行探索，用陶器将草药煎出汤来帮人治病，药汤的味道虽然还是和原来一样苦，但是这种药汤却更容易喝下去，而且治病的效果也更好，这个方法就一直沿用到了现在。

商汤灭夏

夏朝在夏桀残暴的统治下,国家内忧外患,众叛亲离,四百多年的江山摇摇欲坠,人民的生活苦不堪言。而此时的商部落在首领汤的领导下,已经成为一个强大的部落,不论是农业、畜牧业还是手工业都有很大进步。商汤减轻赋税,鼓励生产,他的做法很得民心,一些小部落都纷纷投靠他,商的力量逐渐就能和夏朝抗衡了。

商的崛起引起了夏桀的注意,夏桀担心商汤的势力威胁到自己,就找借口让商汤来到夏都,把他囚禁在夏台。商的族人拿了大量的珠宝送给夏桀,又贿赂夏桀的亲信,夏桀一高兴,终于放了商汤。

商汤回到领地后,下定决心一定要灭掉夏朝,推翻夏桀的残暴统治。他用人只看才干,不问出身,只要有能力,就授予官职。他封伊尹和仲虺为宰相,为他出谋划策,辅助他处理国家大事。

以商的实力,直接和夏开战,还不成熟,于是商汤就想从夏的一些附属国下手,逐渐削弱夏的力量。小国葛给了商汤进攻的机会,葛的首领葛伯昏庸无道,还不祭祀祖先,于是商汤便派手下去质问。

葛伯回答说:“我们没有牛羊来做牺牲。”

商汤派人送去牛羊,结果牛羊都被葛伯宰杀吃掉了,商汤又派人去质问。

葛伯回答说:“我们没有粮食做祭品。”

商汤就派人帮助葛国的人耕种粮食,可是葛伯却不给耕地的人送饭,也不让别人去送饭。谁要是送饭给耕地的人,就会遭到袭击,把饭菜抢走,就连儿童都不放过。这可引起了商民的愤怒,商汤也以此为借口,率领大军进攻葛

国,很快就把葛伯的军队击败,葛国灭亡了,灭夏的战争也拉开了序幕。

商汤越战越强,把夏周边的附属国统统征服,只剩下都城里面残暴的夏桀和他的军队了。

起初,商汤对最后决战的态度还十分谨慎,因为夏仍然有一定的实力,硬碰硬搞不好就是两败俱伤,这是商汤不想看到的结果。伊尹就建议商汤停止向夏桀进贡,试探下夏桀有什么反应,结果夏桀反应比较强烈,立即调动九夷的兵力准备讨伐商汤。商汤见状,马上请罪,又开始进贡了。

商汤继续壮大自己的实力,等待时机。终于机会来了,夏桀杀了忠臣,导致众叛亲离,商汤再一次停止给夏桀进贡,这一次,连九夷也不听从夏桀的调遣了,而且有些小部落还公开造反。商汤觉得时机已经成熟了,于是下令起兵讨伐夏桀。

公元前 1766 年,商汤召集了兵马,举行了誓师大会。

在誓师大会上,商汤非常激动地说:"诸位,你们听我说,不是我大胆发动战争,而是因为夏王的罪行太多,所以,上天才命令我上前讨伐它!夏王他不体恤民情,为了享乐,将耕种农田这么重要的事儿都舍弃了。他犯下这样的错误,还怎么能够统治别人呢? 正是因为他的

罪行太多了，我怕上天发怒，不敢违背上天的意思，来讨伐夏国。你们可能会问我，夏桀犯了多大的罪呢？为了满足私欲，他让人民负担沉重的劳役，劳动完了又被他剥削，人们早就对他的统治不满了，甚至想要和夏桀同归于尽。夏国的统治已经走到了尽头，现在我决心去讨伐它！"

"你们只要辅助我，奉行上天的命令讨伐夏国，以后我会加倍地赏赐你们。你们不要不相信，我说话算话！不过，假若你们不听从我的话，不顺应天意，那我就只能惩罚你们，让你们当奴隶，决不宽恕！"

誓师结束后，商汤挑选了70辆装备精良的战车，6000多人的敢死队，联合各国的军队，浩浩荡荡来到了夏都。

见此情景，夏桀急急忙忙组织军队，仓促应战，两军在鸣条一带展开决战。在战斗中，商汤的军队作战很勇猛，一举击败了夏桀的主力部队，夏桀退到属国三朡(zōng)，商汤乘胜追击，灭了三朡。夏桀走投无路，逃到了南巢，又被商汤的军队俘获，最终商汤把夏桀放逐在了这里，不久夏桀病死，夏朝也灭亡了。

临死之前夏桀说："我真后悔当初囚禁汤的时候没有杀了他，导致我现在这个样子。"

商汤带着队伍回到了自己的领地，召开了大会，有很多诸侯来参加，他们纷纷拥护商汤成为天下的王，这样，一个新的王朝——商，在汤的领导下建立起来了。

祭 祀 与 牺 牲

祭祀就是按照一定的仪式，向神灵致敬和献礼，以恭敬的态度膜拜它，请它帮助人们达成靠人力难以实现的愿望。我国古代用于祭祀的肉食动物叫"牺牲"，指马、牛、羊、鸡、犬、猪等牲畜，后世称"六畜"，而六畜中最常用的是牛、羊、猪三牲。作为祭品的食物除"牺牲"外，还有粮食五谷，称"粢(zī)盛"。

改过自新的国王太甲

商汤灭夏建立了商朝之后,在位 13 年就去世了。外丙继承了三年王位也去世了,他的弟弟仲壬就继承了王位,四年之后又去世了。这时宰相伊尹就做主由商汤的孙子太甲继承王位。

太甲的父亲是商汤的长子太丁,在太甲很小时候,太丁就去世了,由于缺少父亲的教导,他虽然很聪明,性格却很顽劣。

伊尹为了教导太甲能像商汤那样做一个仁德的君主,先后做了几篇文章,第一篇文章叫《伊训》,他告诫太甲不要沉溺歌舞美酒当中,不要一味游玩,要听信忠臣的直言,远离小人等治国道理;第二篇文章是《肆命》,讲的分清是非的道理,什么是对的,什么是错的,什么事情应该做,什么事情不应该做;第三篇文章是《徂(cú)后》,讲的是商朝建朝以来的一些制度,教育太甲要按祖宗留下来的规矩办事,不能随心所欲,为所欲为。

刚刚即位的太甲还能按照伊尹的教导治理国家,不敢违背祖宗留下来的规矩。可是到了第三年,他觉得自己作为一国之君,权力是最大的,自己想做什么都可以,伊尹不过是个奴隶出身的宰相,怎么能管得了君主呢?他对伊尹的规劝非常反感,并开始放纵自己,懒理朝政,一味追求享乐,甚至滥

杀无辜,这引起了百姓的不满。伊尹再三提醒太甲要收敛,却没有任何效果。

伊尹看不下去了,商汤辛辛苦苦建立起来的基业,不能毁在太甲的手上。于是他摄政监国,代理天子之职,并把太甲放逐到桐宫,让他好好反省。

太甲守候在祖父商汤的陵墓前,看到开国之君的陵墓和普通人家的都差不多,十分简陋,再想想自己的骄奢淫逸,心中不免有些懊悔。守陵的老人每天给太甲讲解商汤创业的艰难,治理国家的勤劳,虽然功劳很大,却生活得十分节俭,并教育太甲应当以商汤为榜样,使自己成为一名贤德的君主。

太甲十分崇拜他的祖父商汤,他开始认真反思自己的所作所为,过去做过的一切,是多么对不起祖宗啊!

太甲认真地学习起伊尹写的文章,做事情也都效仿商汤。他善待桐宫的人,并尽自己的能力帮助老弱孤寡,不再违背祖训和朝廷的法律。就这样,他在桐宫居住了三年。

这三年,伊尹时刻关注着太甲的所作所为,他很高兴太甲能痛改前非,于是亲自率领文武大臣,手捧王冠、礼服,将太甲接回王宫,郑重地把国政交还,自己仍像过去辅助商汤一样尽心尽力辅助太甲。

太甲复位后,励精图治,很有作为,并赢得了人们的尊重。在他的带领下,百姓们安居乐业,商朝逐渐兴旺繁荣起来。伊尹又作了《太甲训》三篇文章,褒(bāo)扬太甲。太甲死后,伊尹还为太甲的宗庙起了一个庙号,称为"太宗"。

庙号

古代帝王死后在太庙里追封的名号,起源于商朝。庙号最初非常严格,按照"祖有功而宗有德"的标准,开国君主一般是祖,继嗣君主有治国才能的帝王为宗。到了唐朝,除了某些亡国以及短命皇帝之外,一般都有庙号。庙号的选字多多少少也有一定的褒贬之意,比如太祖、高祖是指开国立业;世祖、太宗是指发扬光大;仁宗、宣宗等乃是明君贤主;光宗、熹宗代表着昏庸胡闹;哀宗、思宗一般只有亡国之君才能"享受"到了。

盘庚迁都

扫码查看
- 中华故事
- 典故趣闻
- 能力测评
- 学习工具

　　商汤建立商朝的时候,最早的都城在亳(bó,今河南商丘)。在以后的 300 年当中,都城一共搬迁过五次。都城为什么要搬迁呢？一是因为人祸,王族内部经常为了争夺王位,发生内乱,谁夺到了王位谁就有权把都城定在哪；二是因为天灾,都城处在黄河下游,常常闹水灾,一发大水就不得不搬。

　　到了商朝第二十位国王盘庚统治的时期,商王朝的政局已经变得混乱不堪,政治腐败,贵族们过着豪华奢侈的生活,加上天灾频繁,使得民不聊生。盘庚实在是看不下去了,在继位后的第三年,他为了稳定动荡的局面,挽救濒临灭亡的王朝,决定把都城迁到殷,就是今天河南安阳这个地方。

　　可是,过惯了安逸生活的贵族们却不愿意搬,他们只贪图自己的享乐,根本不关心百姓的死活,更不想忍受迁都带来的辛苦。一部分有权有势的贵族还煽动平民起来反对,一时间闹得鸡犬不宁,差点没天下大乱。

　　盘庚面对强大的反对势力,并没有动摇迁都的决心。他发布文告,重惩违反者,并把反对迁都的贵族找来,对他们发表了一番慷慨激昂的演说："我看当前形势好比我看火一样地清楚,如果

不赶紧迁都,那将酿成大错。就像把网结在纲上,才能有条理而不紊乱;就像农民从事田间劳动,只有努力耕种,才会大有收成。如果你们像懒惰的农民一样自求安逸,不从事田间劳动,就不会有收获。你们有怨言,为什么不亲自告诉我,却用些无稽之谈互相鼓动,恐吓煽动民众呢?大火在原野上熊熊燃烧,不去接近火,怎么能扑灭它?过去,我们的先王同你们的祖辈父辈共同勤劳,共享安乐,我不会忘记你们曾作出的贡献。国家治理得好,是你们众人的功劳;国家治理得不好,是我的过错。现在我打算率领你们迁移,使国家安定,建立永久的家园。你们不体谅我内心的困苦,却用些不正确的话来动摇我。这对国家又有什么好处呢?"

最后,在盘庚的坚持和带领下,终于挫败了贵族的反对势力。浩浩荡荡的车马上路了,盘庚带领大家终于到了殷这个地方,并迅速开始建设新都城。

盘庚是一位很有作为的国王,他迁都后执行比较开明的政策,提倡节俭,改良风气,减轻剥削,终于安定了局面。在他的精心治理下,人民安居乐业,文化发展繁荣,社会安定富足,衰败的商朝又出现了复兴的局面,成为一个十分繁荣的都市。

此后的270多年里,商朝一直没有迁都。所以,商朝又称作殷商,或者殷朝。

古 代 的 国 都

都城是一个国家的政治、经济、军事和文化礼仪中心,商朝都城的变迁:亳—嚣—相—邢—奄—殷。经过3000多年的漫长日子,商朝的国都城早就变为废墟,被厚厚的土掩埋。到了近代,人们在河南安阳小屯村一带发掘出大量古代的遗物,证明那里曾经是商朝国都殷的遗址,就叫它是"殷墟"。

武丁中兴

武丁,是商王盘庚的弟弟小乙的儿子,商朝第二十三代国王。后世称他为高宗、武丁大帝。

在武丁还是少年的时候,父王小乙为了让他以后能成为一个称职的国王,就把他派到民间增长见识,了解民间疾苦,锻炼他的才能。于是,武丁来到黄河两岸,观察当地人的生活,接触了大量的平民和奴隶。有时,武丁还和这些人一起参加农业劳动。这些生活体验不仅让他了解到劳动的艰辛和生活的不易,还认识了一大批仁人志士,这些人后来都成为武丁治理国家的得力助手。

武丁在了虞的时候,听说黄河边上的一个小村子,隐居着一个很有学识的人,名叫甘盘,他就想去拜访甘盘。

这一天,甘盘家里来了一位不速之客,衣着简陋,却气质非凡。甘盘热情地接待了这个陌生人,谈吐之间,甘盘发现这个人明晓事理,胸怀大志。听说国王小乙的儿子武丁在民间历练,难道眼前的这个人就是他吗?甘盘好奇地问道:"听说太子如今不在宫中,而是隐居民间,体察民情。看您的样子,应该是从都城来的,请问这件事是真的吗?"

果然这个拜访甘盘的陌生人就是武丁,武丁心中明白自己的身份已经被甘盘看破,看来他果真很有见识,名不虚传。武丁很坦诚地对甘盘说:"实不相瞒,在下就是武丁,我久仰您的大名,希望您能教导我一些治国之道。"

满腹才华的甘盘早就希望能遇到真正赏识自己的人,他觉得眼前的武丁日后一定是个贤德的君主,就把自己所学滔滔不绝地讲给了武丁。

经过一番谈话,武丁更加觉得甘盘见识超群,很有学问,临别的时候,他恭恭敬敬地向甘盘行礼，对甘盘说："我真诚地希望您能做我的老师，等我登基之后，辅佐我处理朝政，使国家强盛。"

甘盘没有推脱，欣然接受了武丁的请求。

武丁登基之后，果然是一位有才能的君主，他雄才大略，有远大的政治理想。他兢兢业业，励精图治，想要把国家治理得更加强盛。

傅说原来是个奴隶，在他参加修建工程时，掌管该项工程的负责人发现他很有才能，于是将他举荐给武丁。武丁亲自去面见这位贤人，发现他果然谈吐不凡，是一个不可多得的奇才，于是任命他为宰相，加以重用，傅说也一心一意辅佐武丁。

由于武丁善于选拔人才、任用人才，所以在他的身边，聚集了众多名臣宿

将,除了甘盘、傅说,还有祖己、禽、望乘、雀、亘等人,他们为巩固商朝的统治、增强国力做出了很大贡献。那时候,甲骨文发展成熟,青铜器发展迅猛,在纺织、医学、交通、天文等方面,也都取得不小成就。此外,武丁还建立了一个庞大的官僚机构,还拥有一支庞大又强悍的军队。

国家内部巩固之后,武丁开始了大规模的扩张。每一次战争的规模都比较大,往往动用数千兵力,最大的一次发兵 13000 人。他首先迫使周边弱小的邦国完全臣服,随后攻打今天的山西南部、河南西部一带的小邦国,扩大了商朝的版图。这时西北的少数民族鬼方、羌方和土方日益强大起来,他们经常骚扰商朝边境,成为商朝的心腹大患。武丁把这些地方当作出兵的重点,其中对鬼方的战争就持续了三年。经过多年的战争,武丁终于打败了这些夷国,解除了边境的威胁。到武丁末年,商朝已成为西起甘肃,东到海滨,北及大漠,南逾江汉,包含众多部族的泱泱大国。

为了控制广大被征服的地区,武丁把自己的妻子、儿子、功臣以及臣服的少数民族首领分封在这里,称为侯或伯,开创了"分封制"的先河。

盘庚迁都到殷以后,商朝的国势就一直处于上升阶段,武丁在这基础上,对内勤政,对外征伐,通过近 60 年的文治武功,使得国家昌盛,经济发展,百姓生活安定,国力日益鼎盛,出现了"武丁中兴"的繁盛局面。

武 功 高 强 的 妇 好

武丁有 60 多位妻子,武丁的第一任王后是妇好,她在世的时候除了主持着武丁朝的各种祭祀活动,还多次带兵出征,征服了 20 多个小国,既是武丁时代开疆拓土的头号功臣,也是我国最早的女政治家和军事家。妇好墓出土的武器中有一把龙纹大铜钺(yuè)和一把虎纹铜钺。上面刻着"妇好"字样,是她生前曾使用过的武器。这两件武器一件重 8.5 公斤,另一件重 9 公斤,可见她武艺超群,力大过人.

传说拜相

武丁在民间的时候不但拜访了甘盘,还遇到了一些有名气的贤人,其中就有一个叫说(yuè)的年轻人,这个人就是后来大名鼎鼎的傅说。

傅说原本是没有姓的,他的祖辈曾经是身份自由的平民,曾经做过小官,后来因为生性耿直得罪了贵族,被惩罚世世代代为奴隶。奴隶是没有自由的,只能为贵族们做苦力,那时候傅说虽然年纪还小,却也要和家人一样,整天劳动,十分辛苦。不过这个孩子天资聪颖,很有胆识,极有悟性,在做工的时候常常思考更省力的办法。

有一段时间,傅说在傅岩这个地方做修路防洪的苦力。傅岩这个地方曾经是商朝的交通要道,来自海边的盐都要从这里运到中原。这里每到夏季就大雨不断,导致洪水暴涨,洪水冲毁了道路,使运盐的速度大大地减慢。盐是生活的必需品,因此朝廷很重视这件事,集合了大量的奴隶,来到这里造堤修路,以保证盐路畅通。

最开始的时候,奴隶们用碎土石这种传统的方式阻拦洪水,极不坚固。聪明的傅说在劳动中发明了版筑术,就是一种用土筑墙的方法,用这种方式筑路堤,不但效率极高,而且坚不可摧。经过这件事,许多人都对他另眼相看,奴隶们相互之间都流传着傅说的聪明才智。

武丁听说了这件事,就想见见这人人称颂的傅说到底是个什么样的人才。他来到傅说劳动的地方,并没有直接和傅说交谈,而是远远地看着这个人。他看见傅说干活的时候总是在想着什么,做事情也井井有条,待人又谦虚有礼,还经常给一起干活的奴隶讲故事。

经过观察，武丁觉得傅说确实是个人才，就主动去结识了他，而傅说对这个举止温文尔雅，待人又很有礼节的武丁也很有好感，两个年轻人很快就成了好朋友。二人在交谈的时候傅说总是能直言不讳，他对朝廷政治上的是非得失分析得头头是道，还能精辟地阐述自己的看法。武丁很高兴，心中庆幸自己找到了一个难得的人才。

武丁即位以后，暗下决心，一定要让傅说做自己的宰相，做自己日后治国的帮手。可是贸然提拔一个奴隶，真是件难事，这件事必然会遭到王公权贵们的坚决反对。自己刚刚登基，国王的椅子还没坐热，根基不稳，这可如何是好呢？

先王去世，按照规矩，武丁要守丧三年。他把国家大事交给当时的宰相管理，自己趁机在一旁观察朝廷的政治，思索兴国之道。他还做了一件事，那就是在这三年里没说一句话，弄得大臣们都不知道这位新王想要做什么。

三年很快就过去了，武丁在朝堂之上，一反常态，他对大臣们说："昨晚我梦到了先祖汤，他告诉我说赐了一个叫'说'的贤人给我，帮我治理国家。他还把这个贤人带到我的面前，让我记住他的模样，以便日后相认。我想这个人应该就在你们中间吧。"说完，就有模有样地来到群臣之中一一辨认，结果当然是没有找到。

武丁又说："先祖的话我不能不听，既然没有在朝堂之上，那就应该在民间吧！"然后他召来画师，按照傅说的模样画了一幅画像，交给大臣郑达，让他派人去寻找梦中的贤人。

君王三年不说话，现在终于开口说话，说的第一句话又是先祖的明示，群臣自然没有异议。后来郑达在傅岩找到了一个叫说的人，相貌和画像上的人一模一样，就带回来给武丁辨认。

武丁听说找到了傅说，高高兴兴地去迎接，一见果然不错，他拉着傅说的手说："这正是梦中先祖让我见的那位贤人啊！"他立即任命傅说为宰相，准许他随时向自己进谏，还赐给他傅姓。

傅说登上宰相之位，在位 50 余年，一心一意辅佐武丁安邦治国，他向武丁提出了举世闻名的《傅说三篇》，建议武丁政治上任人唯贤；经济上增加国家收入，减轻徭役赋税；军事上加强部队的训练，注意防御。在君臣共同的努力下，形成了历史上有名"武丁中兴"的辉煌盛世。他也成为我国殷商时期卓越的政治家、军事家、思想家及建筑科学家。

后母戊大方鼎

傅说作为宰相，很重视冶炼的技术，在他的领导下，商朝的冶炼铸造技术有了很大的提高，闻名世界的后母戊(wù)大方鼎就是那个时期的产物。后母戊大方鼎是商王武丁的儿子为祭祀母亲而铸造的，它形制雄伟，纹饰华丽，工艺高超，鼎高 133 厘米、口长 110 厘米、口宽 79 厘米，重达 832.84 千克。是迄今为止出土的最大最重的青铜器。

酒池肉林中的商纣

　　转眼间，商朝已经到了第三十代帝王统治天下的时候了，他就是帝辛，后人管他叫商纣（zhòu）王。纣王从小就比别的王子聪明，长得很俊美，身材又高大，很有力气，非常招人喜欢。

　　有一次，王宫年久失修，有一根顶梁柱坏了，工匠正准备搭一个架子，先把梁顶住，然后再换一个新柱子。纣王见状说："你们别麻烦了，我用手托着房梁就行了，你们换吧！"

　　纣王的身手也很敏捷，能徒手和猛兽格斗，并杀死它。

　　纣王继位后，刚开始还是很有作为的，他非常重视农业发展，还把以前很多旧的制度废除了，不轻易屠杀奴隶和战俘，还让他们进行劳动生产或参军作战。他亲率大军对东夷发兵，使东夷不敢再向中原扩张，不但保卫了商朝的安全，还扩大了商朝的国土。当时商朝的子民都很拥戴他，用铁桶般的江山来比喻殷商的稳固。

　　纣王征服了有苏氏，有苏氏向他献出貌若天仙、能歌善舞的妲（dá）己，他很宠爱这个女子，封他为妃，并对她言听计从，很多事情都以妲己的好恶来决定。

　　在位初期所取得的成就使得纣王居功自傲，刚愎自用，开始腐化堕落，荒于政事。他派人四处搜集奇珍异宝、飞禽走兽放在

宫殿里赏玩。为了能整日与妲己寻欢作乐，他不顾大臣们的反对，横征暴敛，大兴土木，花了很多钱，建造了露台。他还在宫殿里流酒为池，悬肉为林，让赤身男女在里面游玩追逐。他就这样每天与美女相伴、饮酒作乐，夜夜笙歌，好不快活。

纣王变得越来越残暴，喜欢动不动就杀人。鬼侯的女儿嫁给了他之后，因为不喜欢淫乐，也看不惯纣王的暴行，就被他杀了，鬼侯也被纣王剁成肉酱。鄂侯为鬼侯申诉，据理力争，却被杀死做成了肉干。西伯侯姬昌听说了这件事情，不过偷偷叹了口气，被纣王知道了，就把他关了起来。直到西伯侯的手下献上美女、稀有珍宝，大批良驹，这才把西伯侯换了回来。

纣王用善于阿谀奉承、贪财好利的费中和爱诋毁别人的恶来主持朝政，各诸侯都逐渐疏远了他。对于纣王腐败淫乱、暴行不止、任用小人，大臣们纷纷向他谏言，可稍有不慎就有可能导致杀身之祸。箕(jī)子规劝他，被他关了起来。大臣辛甲进谏了 75 次，纣王却丝毫不改，于是辛甲投奔了西伯侯姬昌。微子每每劝告他，他也不听，微子怕有灭族之祸，也离开了。比干一心为国，以死相谏，却被纣王剖心而死。

此时的纣王，早已经失去了民心，人们在背后叫他纣王，他的名声越来越坏，甚至把他和夏桀一起相提并论。各路诸侯也纷纷反叛，几百年的商王朝，也岌岌可危了。

关于鹿台

鹿台，纣王建立的一个宫殿，在河南淇县城西15里太行山东侧，用了7年的时间建成，浪费了大量的人力物力。据传建成之后"其大三里，高千尺"，是纣王积财和游玩之处。商朝灭亡，露台毁于一旦。

比干的心

　　商朝末年，有一位著名的忠臣，他就是王子干，他勤奋好学，又十分聪明，他的父王太丁很喜欢他，分封他到比这个地方，所以王子干也叫比干。他的哥哥商王帝乙即位后，他辅助帝乙，刚刚20岁就当上了太师，真是年轻有为。帝乙临终前问比干谁可以做继承人，他推荐了帝乙的小儿子，就是帝辛（后世称为纣王），并受帝乙之托，辅佐纣王。比干从政的40多年，尽心尽力治理国家，他主张富国强兵，鼓励农牧业生产，是一位难得的贤人。

　　起初，纣王还是个英明的君主，国家还很强盛，后来他荒于政事，宠爱美人姐己，对姐己言听计从，天天只是享乐，渐渐地，国力衰竭了下来。大臣们急得不得了，可是谁能劝得动呢？

　　纣王的所作所为，比干早已经看在眼里，于是，他去觐见纣王，并带着纣王去宗庙祭祀先祖，对着历代帝王的灵位，言辞恳切地讲述他们创业受业的艰辛。直接坦言对纣王说："大王您不学先王的典法，一味地听信姐己的话，以后恐怕会有祸患啊！"刚开始的时候纣王还很敬重他的这位王叔，表面上答应悔改，可是比干走后，他就忘了自己答应过的事情，还是老样子，有时候还会做出更加荒唐的事情。

　　他发明了一种酷刑，名为炮烙，就是在下面放一大堆炭火，上面放一根铜柱，谁犯

了错，就让他光脚走在铜柱上。那可不是一般的铜柱，而是在铜柱上抹了油，走起来滑溜溜的，滑下去就跌到火炭上活活被烧死。多么残忍啊，可是纣王和妲己看了反而哈哈大笑。

比干看到这种场面，很是生气，自言自语地说："我身为大王的王叔这回一定要斗胆谏言了，"话还没说完，就已经走到纣王面前，大声地说道："大王，您不要再错下去了，请将妲己赐死！以免祸国殃民！"

纣王很生气地坐在那里，眼睛瞪得大大的，一句话都不说。

比干接着说："当年汤王在的时候，天下大灾，饿死的人到处都是，把汤王行车的必经之路都挡上了。汤王下车抱着尸体哭，还责备自己无德，马上叫人打开粮仓接济穷人，饥饿的人有粮食吃，寒冷的人有衣服穿，天下都称赞他是一位贤德的明君。大王您现在的作为与先王的仁政背道而驰，还不悔改，就来不及了，天下就危险啦！"比干的苦口婆心，换来的是纣王的拂袖而去。

世人因为纣王的残暴已经开始管他叫纣王了，不管是谁向他谏言，他都听不进去，还把谏言的人赶走或者关起来，许多大臣因此都离开了他。

比干说："大王有错不说，那是为臣不忠；怕死不说，那不是勇敢的人做的事；大王有过错，还不改，那为臣就以死相谏，这就是做臣子最大的忠心了！"

比干已经做好了死谏的准备，他迈着大步，朝纣王享乐的摘星楼走去，斥责纣王的暴政，整整三天都没有离开。纣王恼羞成怒，只问他："你怎么这样固执？"

比干回答说："君主有能冒死强谏的臣子，父亲有能直言规劝的儿子，大丈夫有能诚挚劝告的朋友，我身为大臣，有义务申明大义！"

纣王又问："什么是大义？"

比干回答说："夏桀因为不实行仁政，丢失了江山，大王也要跟这样无道之君学吗？难道不怕丢了江山？我今天来谏言，就是大义！"

纣王勃然大怒，看着比干，好像眼里进了一枚钉子一样，想赶紧拔掉这颗钉子，就说："我听说圣人聪明，是有一颗七窍玲珑之心，不知道是不是真的？"说完，就命令下人把比干的心脏挖出来。而比干丝毫没有惧怕，一个忠臣就这样慷慨赴死了，死的时候63岁。

这个世界上，哪有什么七窍玲珑心呢？纣王挖了一颗忠臣的心，可是失去的却是天下的民心啊。

太 师 的 职 权

太师，官职名，又名太宰。"三公"之一，古代称太师、太傅、太保为"三公"。掌管国家的六种典籍，用来辅佐国王治理国家，是百官之首。秦朝时太师职务曾经被废，到了汉朝复置，后代一直沿用，元、明、清三代太师、太傅、太保都是正一品的官衔，不过已经变成了重臣的加衔，作为最高荣誉来表示皇帝的恩宠，没有了实职。

太公钓鱼

姜太公是我国历史上非常有名的政治家、军事家和谋略家。他姓姜，名望，字子牙，周武王尊他为"师尚父"，后世的人尊重他，称他为姜太公。

姜家本来是个贵族，可是等姜子牙出生的时候，家境早已经衰败，成了贫民。他年轻的时候为生活所迫当过屠夫、卖过酒，总是处在社会底层。不过，他却很有志气，世间的冷暖，人生的辛酸，都没有使他放弃过学习，他多么希望有一天能一展自己的抱负，利国利民啊。

经过多年的学习，姜子牙已经是一个通晓天文地理、军事谋略、能够治国安邦的人了，但是当时的商朝上有昏君，下有奸臣，人民的日子很不好过。像他姜子牙这样的有识之士，只能是怀才不遇了，这样过了几十年。

与商朝相反的是，位于西方的诸侯国周国在西伯侯姬昌的带领下，社会比较安定，人民生活很富裕。西伯侯是个贤德的人，为了治国兴邦，积极招揽天下仁人志士。姜子牙听说了这件事，就离开了朝歌，来到了周的领地，但是他没有马上去见西伯侯，而是在蟠溪停了下来，每天就钓钓鱼，看着时局的变化，回味着夏商的兴衰，等待着大展宏图的机会。

姜子牙钓鱼和一般人不一样，他的鱼钩是直直的，也没有放鱼饵在上面，并且这直直的鱼钩竟然离水面还有三尺高！他一边举着鱼竿，一边说道："鱼儿啊鱼儿，不想活的，愿意的话，就自己上钩吧。"

这一天，一个樵夫经过这里，看到姜子牙在钓鱼，再看看那鱼钩，就对他说："老人家，你这样钓鱼，怎么能钓到鱼呢，怕是一百年也钓不到一条。"

姜子牙抬起头，慢慢悠悠地说："跟你说吧，我并不是为了钓鱼，而是为了钓王和侯。我宁愿用直钩来取，也不愿在弯钩上求。"

西伯侯听说了姜子牙钓鱼的事情，就让士兵去叫他来，但是姜子牙对这个士兵不理不睬，自言自语道："钓鱼啊，钓鱼，鱼儿不上钩，虾儿来胡闹！"

西伯侯又派了一个官员去请他，可是他还是理也不理，边钓边说："钓鱼啊，钓鱼，大鱼儿不上钩，小鱼儿来胡闹！"

官员回来把姜子牙的话也说给了西伯侯，西伯侯觉得这个钓鱼的老人一定是一位贤人，就带了厚礼亲自去请，果然在蟠溪遇到了姜子牙。两个人见面寒暄之后，就谈论起国家大事，真是相见恨晚，谈得十分投机。

西伯侯高兴地说："我的太公曾经说过，'有圣人到周地，周将靠他而兴旺。'您就是那位圣人吧？盼望先生很久了啊！"

姜子牙见西伯侯果然是一位明君，能礼贤下士，就答应为他效力，同西伯侯回到了西岐。西伯侯拜姜子牙为太师，称为"太公望"。

果然，在姜子牙的辅佐下，周越来越强大，后来推翻了商纣的统治，建立了周朝。"太公钓鱼，愿者上钩"的故事就流传到了现在。

姜太公为什么也叫吕尚

姜太公，也有人称吕尚，为什么呢？原来姜是他的姓，他的祖先被分封在吕这个地方，吕是他的氏。后来姓和氏逐渐统一，人们就习惯叫他姜子牙、姜太公了。我国的姓和氏历史悠久，夏、商、周以前，姓和氏都是分开的，贵者有氏，贱者有名无氏。姓承袭自远祖，百代不变，比较稳定；氏就不同了，会随着封邑、官职的改变而改变，因此会有一个人的后代有几个氏或者父子两代不同氏，也会出现姓不同而氏相同的现象。

周的先祖——后稷

商朝的先祖契是其母吞食玄鸟蛋所生，周朝的先祖后稷(jì)也有一段传奇故事：

相传炎帝后代有邰(tái)氏的首领有个女儿姜嫄(yuán)，后来成为黄帝的曾孙帝喾的元妃。她生性活泼好动，有时在家里闷得慌，就跑出去玩。有一年冬天，她又跑到郊外去玩，走着走着，在路上发现了一个巨大的脚印，她十分好奇，这是谁的脚印呢？忍不住踩在那个脚印上，同自己的脚比较大脚印到底有多大。不想刚刚踩上去，就感觉身体好像被震动了一般，感觉很奇怪，她吓得赶紧回到了家里。不久，就发现自己已经怀孕了。

到了第十个月，家人都等待着这个孩子的降生，可是左等右等，都没有出生的意思。又过了两个月，姜嫄这才生下了一个男孩儿，人们觉得这个孩子来历很是奇怪，就连怀胎时间都比正常的小孩多两个月，纷纷猜测这是个不祥之物。姜嫄也没有做母亲的喜悦，她看着小婴儿，心想他不知会招来什么样的灾祸，就狠下心来，要把他扔掉，让上天来灭掉他吧。

最开始的时候，姜嫄把孩子丢弃在狭窄的小巷子里，本以为他会被来来往往的牲畜踩死，可是那些牛啊马啊就像被一种力量控制了一样，过路

的时候都绕开这个孩子,一天过去了,孩子都安然无恙。姜嫄只好把孩子从小巷子里抱走,又把他扔在森林里面,她心想森林里鸟兽虫蚁众多,会把他吃掉。没承想路过的伐木人看到他觉得很可爱,不但拿出食物喂他,还拿出自己的衣服给他盖上,不让野兽发现,并找了个相对安全的地方放置。姜嫄见这样还不成,索性把孩子丢在结冰的河上,那时正是严冬,就算是普通人在外面都会冻坏,更何况是初生的婴儿呢?她刚把孩子放下,就见天上有一大群鸟儿降下来,落在孩子的周围,用自己的翅膀给孩子保暖,遮挡风雪。虽然天寒地冻,可孩子有了鸟儿的保护,很安详地睡着,对身边发生的事情全然不知。

难道是上天保护这个孩子吗?姜嫄原本就有点儿舍不得这个孩子,现在就更加想留下他了。她把孩子紧紧地抱在怀里,带回家中,决定不论如何都要养大他。由于最初的抛弃,姜嫄给孩子其名为弃。

弃从胎儿到婴儿,都与平常孩子不一样,就是他长大了,也比别的孩子聪明得多。说话做事、行为举止也是十分的出众。

人们又纷纷说这孩子就是天神的孩子,也越来越喜欢他了。

弃小时候就十分喜欢种植各种植物,每天他都在田间地头观察植物的

生长。在他看来种一些树木啊、麻啊、豆子啊就像做游戏一样，十分有趣。他不但喜欢种，还知道怎么样能让作物生长得健壮，收获更多的种子。他精心培养各种作物，种出来的农作物总是长得又高又壮，结出来的果实颗粒饱满，同样大小的一片地，别人种出来的产量不知要比他少多少呢。

其他部落的人慕名前来，向他求教种植技术，他慷慨教授耕作经验，没有一丝隐瞒。选什么样的种子、耕多深的地、什么时候播种、如何除草、什么作物喜欢什么样的土地和肥料，他都一五一十地讲解给求教的人，还送他们自己培育出来的优良品种，人们也都十分尊重这个年轻人。

他还精心培育出新的农作物——稷，还有一种麦也是以前没有的作物。有一种麻，种子可以作为粮食，麻秆的纤维还可以织布做衣。

尧听说了弃的事迹，就派他做了专门管理农业的农师。他果然没有让尧失望，他带领人们用新的技术精心劳作，这样一来，只要庄稼能丰收，这一年家里人的口粮就都解决了，人们再也不用担心饿肚子这个问题。

舜继承帝位以后，弃依然负责掌管农业，由于他的功劳很大，为了奖励他，舜给了他"后稷"这个官职，还给了他封地，赐他姓姬。人们为了纪念他的功劳，就用他的官职后稷来称呼他了。他的子孙后代经过几百年的发展，逐渐强大，经历了夏王朝和商王朝之后，姬发推翻了商的统治，建立了周朝。

传说中的"四岳"

弃是舜统治时期朝廷上的"四岳"之一，四岳包括弃（后稷，负责农业）、禹（负责水利建设）、皋陶（gāo yáo 司法官，负责刑法）和契（负责德育教化）四个人。其中弃和禹是我国上古文献中最先出现的两个传说人物。《诗经》中就说大禹治理了水患之后，弃开始领导农业生产。

武王伐纣

扫码查看
☑ 中华故事
☑ 典故趣闻
☑ 能力测评
☑ 学习工具

　　商朝末年的西岐山，是个美丽富饶的地方，曾经有一个小部族迁到了这里，就是周。周到了姬昌做首领的时候，已经很强大了，姬昌是西方诸侯之长，人称西伯侯。

　　当时，商王朝还十分强大，周还得向商称臣，但西伯侯是一个很有作为的人，为了使周实力更为强大，他暗中加紧发展经济，扩充军队。他勤于政事，十分重视发展农业生产，关心民间疾苦，治理国家兢兢业业，以施行仁德为根本，待人非常宽厚，又礼贤下士，所以深得人心，一大批仁人志士都来投奔西伯侯。

　　周的强大，引起了商纣王的不满，纣王找了个借口，把西伯侯关了起来，并杀死了他的大儿子伯邑考。西伯侯的手下送了美女和大量的宝物给纣王，纣王非常高兴，就放了西伯侯，还赐他武器，给他权力征讨一些小部落。西伯侯回到家中之后，就下定决心推翻商朝的统治，他一面向纣王称臣献地，取得纣王的信任，一面招揽贤能的人。他遇到了很有才干的姜尚，封了姜尚为太师。不出几年，在西伯侯和儿子姬发的带领下，周就分别征讨了周边大大小小的部族，并建立了都城——丰。这时候的周，实际上已经控制了大半个天下了。

　　与周相反的是，原本统治着天下的商，由于纣王的荒淫残暴，极度奢靡，再加上东征耗费了大量的人力物力，国力逐渐衰退了。纣王众叛亲离，人民大多心中充满怨恨。

　　西伯侯姬昌去世后，他的儿子姬发被立为首领，就是武王。武王也是一位贤德的首领，他继承西伯侯姬昌的遗志，积极谋划讨伐商纣，还把周的都城迁到了镐（hào）京。他重用贤臣良将，尊称姜子牙为"师尚父"，并让他做伐纣的

军师,还提拔了一批良臣,让他们各司其职。周比过去更强大了。

在外交上,武王联合各诸侯国,积极为灭商准备条件,等待时机。

武王即位的第二年,带着大队兵马去祭奠他的父王,借着祭奠,他率领军队向东进发,来到孟津这个地方,刚到了孟津,就有800多诸侯自发来到这里,武王与这些诸侯结为盟友,纣王却是孤立无援。

结盟的时候,武王激昂地说:"我友邦的国君和战士们,请听清楚誓言:上天选择聪明睿智的人,做人民的衣食父母,然而现在的商王,他不敬上天,带灾祸给人民。他沉迷酒色,行事暴虐,他只知道修建宫殿、楼台、池塘、制造华服,自己享受了,却来残害你们的百姓。在他的统治下,忠良被烧死。上天因此震怒,给我父王使命,来树立天威,可惜大事没有完成。现在,我这个放肆的小子姬发,和友邦的国君们,一起去商那儿看看他的统治,他连自己的祖先都不祭祀,还自以为已经拥有人民和天命,如果他还是这样,我们还要受他的统治吗?如果他没

罪，我们用得着反抗他吗？商虽然人多，但是他们每个人都有各自的想法，我们兵马少，但是我们一条心。他已经恶贯满盈了，上天派我们诛灭他，如果我们不顺天意，那我们不也是有罪的吗？我日夜思考，心怀恐惧，这是我父王的遗命，也是上天的旨意，有利于我们的国家。我们是为民请命，上天必定支持我们，今天，请你们帮助我，完成反商大业，时机到了，不能错过啊！"

像这样的战前誓言，连续讲了几遍，人人都热血沸腾，各诸侯纷纷说："现在兵马已经集结完毕了，立刻就去讨伐商纣吧！"

然而武王很冷静，商在纣王统治下，虽然政治上十分腐败，但仍有较强的军事实力，他和姜子牙都认为现在去讨伐商纣还不是时候，就对各诸侯说："诸位不要着急，还不到上天要亡商纣的时候！不能进军。"于是下令全军返回镐京。这次会盟成了武王伐纣的一个前奏曲，奠定了周的盟主地位。

武王即位的第四年春天，这时候的商纣彻底失去了民心，武王认为是时候发兵讨伐纣王了，于是他带兵亲征，与盟军渡过黄河，一举进军到商都郊外的牧野，一场大战即将开始，一个新的王朝也要诞生了……

古 都 镐 京

镐京，就是今天的西安，是西周的都城。西安也是世界四大古都之一，是我国历史上建都时间最长、建都朝代最多、影响力最大的都城。西周、秦、西汉、新、隋、唐六个统一王朝，前赵、前秦、后秦、西魏、北周五个分裂时期的政权，东汉献帝与西晋愍帝等两个末代皇帝以及汉更始帝刘玄、赤眉帝刘盆子、大齐皇帝黄巢三个农民起义政权纷纷在此建都。西安作为都城的时间加起来超过了1000年，是名副其实的古都。

临阵倒戈的牧野之战

周武王孟津结盟之后，一直等待时机，和纣王进行最后的决战。

周的强大，商纣王已经感觉到了，他知道周人对自己构成了严重的威胁，于是他决定对周用兵。就在已经拟定好了计划的时候，处在商东部的东夷族反叛，导致计划破产了。为了平息东夷族的反叛，纣王调动全国部队，倾尽全力，所有的军事力量都在东部，西方兵力出现了极大的空虚。不仅如此，商朝内部越来越混乱，君臣矛盾日益激化：纣王胡作非为，残暴淫乱到了极点，他残杀比干，囚禁箕子，逼走微子，这些人都是他的亲人，可是一样没有好结果。武王和军师姜子牙觉得真正讨伐纣王的时机到了，于是调遣军马，备好粮草，准备攻打纣王。

公元前 1046 年初，周武王统率兵车 300 辆，勇士 3000 人，士兵 45000 人，浩浩荡荡启程了，向东挺进，讨伐商纣。很快，武王的军队就到了孟津，在孟津，武王又见到了会盟时候的盟友，他与这些盟友的部队会合。这样，武王的力量就更大一些了。人心归周，武王很好地利用了这种有利形势，他觉得商朝的气数已尽，就带领士兵，冒着大雨，日夜兼程，渡过黄河，直奔商都而去，这一路上，竟然没有商军的抵抗，仅仅用了 6 天，就到了京城朝歌郊外牧野的这个地方，这时候天刚蒙蒙亮。

武王的军队布置完毕后，举行了战前誓师，只见武王左手拿着金色的大斧，右手挥舞着白色旄牛尾，在大军阵前大声说道："辛苦你们了，西部的人们！我友邦的君主、各位大臣、各国的战士们，都举起你们手中的戈，拿好你们的盾牌，竖起你们的矛，宣誓吧！古人曾经说过：'母鸡是不报晓的，如果母鸡打鸣报晓了,那么这户人家恐怕就要衰落了。'现在的商王只听妲己的话,不祭祀先祖,轻易地抛弃自家兄弟,反而十分推崇其他部落的逃犯,又是封官又是奖赏。这些人唯利是图,又违法乱纪。现在我只能奉上天的使命,进行伐纣,决战的时候,我们要时刻保持这样整齐的队形,不得害怕。努力吧,战士们!如果有人来投降,不要阻止他们,要用他们来加强我们的战斗力,努力吧,战士们!如果你们不努力,你们就有可能被杀戮!"他的话激发了战士们的斗志,使得战士们同仇敌忾,恨不得马上冲进商都。

周军进攻的消息很快就传到了朝歌,上上下下一片惊慌。此时商军的主

力还远在东南地区，远水解不了近火，无奈之中，纣王只好仓促地集结兵力，部署防御，把大批的奴隶和战俘武装起来，再加上守卫国都的军队一共 70 万人，由自己亲自率领，也来到了牧野，迎战武王的军队。

两军相遇，战火一触即发。

武王下令发起总攻击，他让姜子牙率领一部分精锐部队先突击，这支队伍来势汹汹，打乱了纣王军队的阵脚。纣王的军队人数虽多，但并不强悍，只见顿时血流成河，死的死，逃的逃。有些临时凑数的俘虏和奴隶，根本没有打仗的心思，不但不阻挡武王的军队，反而纷纷倒戈起义。见大势已去，纣王当天晚上就逃回了朝歌，他登上了鹿台，心中已经知道了自己的归路，看着这大片的江山，就要不属于自己了。他不想做俘虏，不想投降，于是他把奇珍异宝挂在身上，点燃了火把，自焚而死了。

武王一鼓作气，乘胜追击，攻占了朝歌。他进了城之后，来到纣王自焚的地方，他拿起弓箭，朝着纣王的尸体射了三箭，做完了这些事情，武王才出去，回到周的大军当中。

紧接着武王又清除了商朝的残余抵抗势力，几百年的商朝，紧随纣王一样，不复存在了。

商 朝 的 贵 族 箕 子

箕子，帝乙的弟弟，纣王的叔父，官太师，封于箕，所以又叫箕子。箕子与比干、微子并称为商纣王时期的"三贤"，是一位哲学家、政治家。周武王灭商后，箕子不忍心看商朝的灭亡，带着一部分商朝遗民来到了朝鲜，后来武王便将朝鲜封给了他，箕子朝鲜侯国成立，直到西汉初年被燕国人卫满所灭。

饿死不食周粟

商朝末年，有一个叫孤竹国的小国，这个小国比较富有，它的子民也很有礼节。国君在世的时候，有三个儿子，他十分喜欢第三个儿子叔齐，想立叔齐为王位继承人。国王去世之后，叔齐却想把王位让给他的大哥伯夷。

叔齐对伯夷说："你是长子，按照常理应该由你继承王位，现在父王已经过世了，你来做国君吧。"

可是伯夷不想违背父王的遗命，对弟弟说："父王的遗命是由你来当国君，如果违背他的意愿，那不是大逆吗？王位还是由你来继承吧。"于是伯夷放弃了即将到手的王位，离开了孤竹国。伯夷离开之后，叔齐被推举为国君，叔齐也拒绝了，和他的长兄伯夷一样，离开了孤竹国。人们没有办法，只好改立先王的第二个儿子做了国君。

当时，商在纣王残暴的统治下，人民怨声载道，哪里有太平的日子过呢？伯夷、叔齐兄弟二人相遇之后，为了躲避商朝的统治，就在北海之滨过起了隐居的生活，等待着太平盛世。他们听说西方岐山下有个部族，他们的首领是西伯侯姬昌，他为人善良仁厚，以德治国，礼贤下士，在他的带领下，生产发展很快，部族比较稳定，这不正是二人所追求的地方吗？兄弟二人很是高兴，说："我们去那里吧，那里可以颐养天年。"

伯夷和叔齐动身了，他们日夜兼程，可还没到周的都城，就听说西伯侯刚刚去世了，现在的周王是他的儿子姬发，也就是后来的周武王。商朝无道，武王打出替天行道的旗号，准备讨伐商纣。武王获得广大人民群众的拥护，大大地扩大了自己的实力，许多人都愿意依附他，就像依附他的父王西伯侯一样，

成为他的臣子。看来周地也不太平啊！他们失望地走着，不知道以后还应该

去哪里，这世界只怕再没有太平的地方了。这时候对面浩浩荡荡的车马队伍

朝他俩行驶过来，这不是去朝歌的方向吗？只见队伍最前面的大木牌上写着

西伯侯的名字，原来表面上是祭奠西伯侯，实际却是为攻打商纣做军事演习。

他们二人赶紧走上前去，拽住了武王的马，阻止他们继续前行，谏言道：

"您的父王去世还没多久，就开始大动干戈，这能算作孝吗？您本

是商的臣子，现在却来讨伐君主，这能算作仁吗？"

武王的卫兵见状，上前就要把他们两个杀死，被姜太公阻

止了，太公告诉武王说："这两位是有节义的人呀，我们是正义之师，不能把他们杀害。"就派士兵把他俩扶走了。

没过几年，武王就推翻了商纣的统治，成为新的天下宗主，并建立了新的王朝周朝。伯夷和叔齐认为用武力来推翻武力，用鲜血来建立国家，这不是真正的仁德之人的所作所为。他们觉得归顺这样的周是一种耻辱，发誓再也不吃周朝的粟米。可是各地都已经归顺了周朝，哪里的粟米不是周朝的呢？唉！走吧！于是他们就相携着来到了首阳山上，每天采山上的野菜来充饥。

这一天，山中路过的一位妇人，看见伯夷和叔齐正在吃薇菜，就问道："你们怎么不吃粟米呢？"他们便说起了永不吃周朝粟米的事情。

那位妇人笑了笑说："你们有骨气不吃周朝的米，可是你们现在吃的这些野菜不也是周朝的吗？"

这句话，也本无恶意，可是在兄弟二人看来，却好像当头棒喝一般，于是，他们就连野菜也不吃了。过了几天，眼看就要饿死了，他们唱着歌说："登上那个西山啊，采这山里的野菜。用那强暴的手段来改变强暴的局面，还不知道这样做是错的。神农，尧舜禹这样的太平盛世，恐怕不会有了。哪里才是归宿呢？啊！真可叹，我们的生命就要结束了。"于是就饿死在首阳山之上。

伯夷和叔齐二人不为王位相争，相互谦让的美德代代相传，他们宁死不吃周粟的气节也经常被后人传颂，真是可惜可叹！

孤竹国　"孤竹国"，也叫"觚（gū）竹国"，是商朝时期的一个诸侯国，在今天的河北境内，经历了商周两朝。殷商的时候国家很兴旺，到了西周，就逐渐衰败，春秋的时候，孤竹国君被齐桓公所杀。后来，孤竹国被纳入燕国的疆土。从立国到灭亡存在了约940年（约公元前1600—公元前660年）。

爱屋及乌

　　周武王攻破朝歌之后,各诸侯都来参拜周武王,全都服从他的指挥,商朝的百姓都来到郊外迎接武王,武王纷纷向他们回礼,他让各位臣子对百姓们宣告说:"上天恩赐你们可以平平安安地过日子,不再打仗了。"百姓们因此跪拜磕头,感谢武王的英明。终于,天下成了周的天下。

　　虽然武王已经战胜了纣王,周也代替了商,可是毕竟刚刚一统天下,经过了战争的洗礼,国家不能马上稳定下来,商朝遗留下来的贵族、权贵、将

士能心甘情愿地接受改朝换代吗？他们会不会起来反抗周呢？怎么解决这个问题，武王心里可没什么谱，着实担忧了一些日子。他每天觉也睡不好，饭也吃不下，俗话说得好：创业容易守业难啊！为了早日解决这个让他头疼的事情，他便召见了姜太公、召公、周公来商议此事。

武王问姜太公："商朝遗留下来的这些贵族和大臣，他们有的很忠于商纣，有的一直都反对我们周人，我该怎么样对待这些人呢？"

姜太公回答说："我听说有这样的话，如果喜爱那个人啊，就连在他屋子上落着的乌鸦都会喜爱，觉得它很漂亮；如果憎恨那个人啊，就连他家的一个篱笆墙都讨厌，觉得碍事儿。依我看，将所有反对大王的人，包括仆人全都杀光，一个都不留下，这样就免除了后患，大王您看怎么样呢？"

武王摇了摇头，认为这样不行，那不也成了残暴的君主，和纣王又有什么区别呢！

这时候召公上前说道："我觉得有罪的那些人，就杀掉他们；那些没有

罪的,让他们留下残余的力量,大王您看可以吗?"

武王还是不满意这样的回答,谁知道这些人会不会利用残余的力量来给自己添乱呢?

这时候周公上前说道:"依我看啊,就让他们各自回到自己的家里,耕种自己的土地算了。"

武王听了之后,非常高兴,心想这样做不用杀人,不违背以仁德治理天下的宗旨,还能削减他们的力量,使得周能稳定地发展生产,那天下就太平啦,周的江山也就稳稳地传给后人了。

武王说:"那就这么办吧。"

武王按照周公说的那样,封纣王的儿子武庚为诸侯,让他来管理商朝的旧都,让召公释放了被纣王囚禁的箕子,让他恢复原来的职位;让毕公释放了被关在牢里的商朝百姓,让他们回家;他还表彰了商朝的贤臣,修复了贤臣比干的坟墓;把鹿台的钱财、钜桥的粮食发给贫困的百姓,解决他们的饥荒。商的遗民看到武王这样英明,非常高兴,便不再有敌对的情绪,果然天下很快安定下来,武王终于放心地带领部队,回到了周的都城。

武王没有因为个人的喜恶来对待商的遗民,真是难得啊,而"爱屋及乌"的典故也一直流传到了现在。

商 朝 都 城 朝 歌

朝歌,位于河北省北部的淇县,古代的时候叫做沫邑,商朝末期改称朝歌,在纣王的时候成为商朝行都及政治、经济中心。周灭商后,为了监督纣王的儿子武庚,防止商朝遗民叛乱,周王把朝歌分成三部分,朝歌北边是邶(bèi),东边是鄘(yóng),南边是卫,并派他的三个弟弟管叔,蔡叔,霍叔分别守卫这三个地方。后来周公又将这里合并为卫,连同原殷民一起封给康叔,建立卫国。

周公监国

周公旦是周朝初期杰出的政治家、军事家和思想家，他是周文王的第四个儿子，名旦，也被称为叔旦。

武王伐纣的过程中，周公经常在武王身边出谋划策，做了很多事情，是武王的得力助手。所以在周朝建立之后，被封为周公。

周朝建立了刚刚两年，武王由于日夜操劳，染上了重病，大臣们都忧心忡忡，纷纷向先王祷告求助。周公布置好祭坛，虔诚地向太王、王季、文王这三位先王祷告说："你们的元孙武王，由于太过辛劳，得了重病，如果你们欠了上天一个子孙，必须要用死来偿还，那就让我来代替武王去偿还吧！我多才多艺，有能力侍奉鬼神，武王不如我才艺那么多，不能侍奉鬼神，还是让他继续做天下百姓的君王，为他们造福吧。"

祈祷之后又进行占卜，卦象都为吉，他很高兴，对武王说："大王您的病就快没有什么大碍了。"

武王临死之前把太子和整个王朝都托付给了周公。太子即位，就是成王，那时候他才 13 岁，国家刚成立几年，还不稳固，武王的去世给周带来的除了悲痛还有不可预料的危险，一个小孩子怎么能撑起这么大的一个国家呢？这时候急需一个有才能、有威望的人来处理国家大事，于是重任就落在了周公身上，于是，他开始摄政监国。

周公摄政之后，他的哥哥管叔和弟弟蔡叔怀疑他夺权篡位，他二人就联合纣王的儿子武庚发动叛乱，管叔还散布流言说："周公将不利于新王。"

周公听说了这样的话，担心叛乱会逐渐扩大，他想首先要稳定王室内部，然

后再讨伐叛乱。他对姜太公和召公说："我承担了摄政的重任，并不是为了个人的得失，大王还小，天下还不稳，如果有什么动乱，将会生灵涂炭，好不容易建立起来的国家也要瓦解啊。如果这样，我怎么能对得起列祖列宗呢？怎么能对得起武王的重托呢？"他就让儿子伯禽代替他回到封地，来表示他的清白。

公元前1023年，周公奉成王之命讨伐管蔡叛乱，历经三年，终于完成平叛，诛杀了管叔、武庚，流放了蔡叔，稳定了当时的王室，他乘胜向东方进军，又征服了东方各国，扫清了周朝的外围势力，周朝的疆土向东已经到了海岸线，向南到了淮河流域，向北到了辽东，俨然是泱泱大国了。

周公平叛之后，为了加强中央对各方的控制，他进一步分封诸侯。

周公封小弟康叔为卫君，驻守朝歌一带，管理那里的商朝遗民。他怕康叔年纪小，没有治国经验，而朝歌附近的封地又最难治理，就再三嘱咐康叔说："纣王就是因为淫乐好酒，听信妇人的话，行事残暴，导致朝政混乱，最终亡国。你到了封地之后，最先做的事情，就是求访那里的贤人、君子、长者，向他们讨教商朝为什么兴旺，又为什么亡国，还有你务必要爱民，做事情要深思熟虑。"他还把这些嘱咐的话写成文章，作为法则送给康叔。

康叔到了封地，按照周公所说的去做，生活俭朴，爱护百姓，果然把封地治理得很好，人民安居乐业。

这次周公东征，姜太公又立下大功，周公封给太公的土地非常大，还给他专征专伐的特权，不论侯还是伯，只要有过错，太公都可以讨伐他们。

他先后建了71个封国，封武王的兄弟和功臣去那里做诸侯。他每次封地，都让诸侯们带着有某种专长的手艺人去那里上任，把技术传播到了那里。这样，王室有了更好的屏障，夷人都不敢再来侵犯了。

周公对待过去商朝的一些属国和遗民施行恩威并用的政策，让他们自食其力，赐给他们田宅。如果不听从周的号令，就惩罚；如果内部和睦，努力种

田，勤奋做事，就大大地赏赐。有能力又贤德的人，还可以在宫廷做官。连续五年都表现好的人，还可以回到本土，于是这些人都真心服从周朝的统治。

周公监国的第五年，正式营建东都洛邑。用了一年多的时间，东都建成，周公召集天下诸侯举行了盛大的庆典。庆典上他正式册封天下诸侯，并且宣布各种典章制度。

为了周王朝的长治久安，周公还"制礼作乐"。他制定了一套典章制度，确立了王位由长子继承的制度，没有继承王位的王子们，就封他们到封地去做诸侯。同样，君臣、父子、兄弟、亲疏、尊卑、贵贱也都有相应的礼仪制度，这样，周朝就成了礼仪之邦，一些礼仪一直流传到了今天，还被我们推崇。

成王渐渐长大，周公决定还政给成王。他作了一篇《无逸》送给成王，里面写着怎样做帝王，怎样治理国家，他告诫成王要知道人民劳动的艰辛，不要只想着生活的安逸，过度地游玩，要勤政爱民，不胡乱定罪，不杀害无辜的人。

周公监国七年，还政之后，就在丰京养老，没过几年就得了重病，临死之前他说："我死之后，一定要把我葬在洛邑，表示我不敢离开成王。"

他去世之后，成王把他葬在毕这个地方，和文王、武王的墓地相邻。成王说："我尊敬周公，我哪能像对待臣子那样对待他啊！"

在国家危难的时候，周公不避艰辛，帮助幼年的成王治理国家；当国家转危为安，发展顺利的时候，毅然放下了权位，他的无畏无私，一直被后代所称颂。

古 代 的 世 袭 爵 位

在周朝，除了天子，公是最高的爵位，如齐桓公，晋文公。公、侯、伯、子、男，都是世袭的爵位，他们的封地都叫国，在封国内行使统治权，如齐国、燕国。各诸侯国内，有卿、大夫、士等爵位。卿、大夫有封邑，对封邑也可以行使统治权，受各诸侯领导。

周公教子

武王伐纣之后，给周公的封地在曲阜，但是周公没有去封地，而是留在了武王身边，辅助武王处理政事。武王去世之后，成王即位，当时成王年纪还小，就由周公摄政，周公用了七年的时间把国家治理得井井有条，他还制定了各种礼仪，使得周朝逐渐成为礼仪之邦。可是他的封地由谁去管理呢？周公就让他的长子伯禽去封地。

成王年幼的时候，还不明白应该怎么做儿子、做臣子，周公就让成王和伯禽一起学习这些道理。他教导伯禽怎样做才符合君臣、父子、长幼的礼仪，成王就在旁观看，这样，成王就知道这些道理了。

周公制定了各种礼仪之后，他的儿子伯禽不能真正理解这些礼节。伯禽和康叔一起去见周公，去了三次，每次伯禽都被揍一顿。康叔非常惊讶，心想伯禽也没有什么不对的地方啊，都还没开口说话就被打了，就对伯禽说："我听说商子很贤德，我们问他怎么回事。"

于是，伯禽和康叔去见商子，他俩和商子说了这件事情，并向商子请教。

商子说："你们两人怎么不去看看南山南面的那棵乔树？"

两个人就跑到南山去看，只见有棵乔树又高又挺拔地直立在那儿，他们俩并没看出什么门道，回来后就去见商子。商子就告诉他们说："那棵乔树就象征着

父亲,高而挺拔。你们再去看看南山北面的一棵梓树吧。"

于是两人又前往南山,果然有一棵梓树,枝叶茂盛,很朴实地朝地上俯着。

他俩回去之后,商子就对他们说:"那棵梓树,就喻示着怎么做人家儿子,要懂得低下头。"

第二天,两个人又去见周公。伯禽进门以后,大步走向他的父亲,跪在面前,于是周公抚摸他的头,和他说话,给他吃东西。周公没有直接告诉伯禽怎么样做儿子,而是让他自己去悟这个道理,遇到了难题,就去请教贤人,真是用心良苦啊。

伯禽就要去封地了,周公把他叫到身边,语重心长地告诫他说:"我啊,是文王的儿子,武王的弟弟,当今君王的叔叔,按理说,这天底下,我也算是非常尊贵的人了。然而我洗澡的工夫,都可能会洗到一半出来见贤人,吃一顿饭,也要停几次,来接待贤人,就这样,我都怕失去天下的贤人。你即将去封地了,千万不要以为自己有多尊贵,对待他人不要骄傲。"

伯禽临行的时候又问周公:"请问我要怎么样治理鲁国呢?用什么样的方法最有效?"周公告诉伯禽说:"你呀,一定要做有利于人民的事情,可是又不能总以为自己对人民有恩。"

周公对伯禽说的话,伯禽都一一牢记,不敢违背周公的教导,他到了鲁国以后努力发展生产,寻访当地有名的贤士,教育他的子民遵守礼仪规范,把鲁国治理得井井有条,并享有"礼仪之邦"的美称。

"士"的转变

庶人、士、大夫、诸侯、三公、天子,级别依次升高,士,是古代社会中最基础的贵族,也是最高级的百姓,有一定的社会地位。到了春秋战国,出现了四民,分别是士、农、工、商。士又逐渐转变,成了有一定知识和技能之人的称呼。

成康之治

周成王刚即位的时候，由周公辅政，国家逐渐强大起来，等到他亲政以后，任用贤臣良将，并且一直沿用周公辅政时期的政策。他把国家治理得井井有条，取得令人满意的政绩，各方诸侯都能尽职尽责，上上下下都歌颂他的贤德。

那时候周朝还有一个非常有名的贤臣，就是成王的另一个叔叔，召公。他虽然没有像周公那样做了那么多大事，但是他为辅佐周成王，同样呕心沥血，政绩也非常显赫。

召公处理政务非常喜欢到普通百姓那儿去，考察民情，深得人们的爱戴。有一次，召公到他的封地去办公，正赶上天气非常炎热，他看见院子里有一棵甘棠树，就走出闷热的屋子，来到树下办公，一连几天都是这样。他办事十分认真仔细，又特别公正，处理民间事务非常得当，帮助老百姓解决了很多难题。他从来不铺张浪费，也不因为自己是王侯，就随意掠夺百姓的粮食。他走了之后，老百姓都十分怀念他，认为召公是个少有的好官，他们说如果天下的官员都能像召公这样的话，那可真是太好啦！就连那棵甘棠树，人们都不舍得砍伐。

成王在位的第三十七年，病倒在床，他知道自己快要离开人世了，可是儿子姬钊(zhāo)还小，怎么能处理国家大事呢？他想起小时候即位，也是好多事情都不懂，国家大事多亏了周公处理，自己才能稳坐江山。可惜啊，周公已经去世了，好在还有召公，召公也是个难得的贤臣啊！毕公也是个贤德的臣子，就让召公和毕公来辅佐太子吧。于是，他命人请召公和毕公来到王宫。

成王躺在床上，诚恳地对两位王叔说："我就要死了，可是太子还小，我怕他不能胜任君王，你们二位都是有作为的人，就尽力辅佐他吧，让他遵守文王、

武王的遗训，好好治理国家，可千万别让他碌碌无为，成为昏君啊！"

"大王放心吧，我们一定会尽全力辅佐太子的。"召公和毕公含着眼泪，答应了成王的嘱托。

成王放心了，他立下了遗嘱，没多久就去世了。

召公和毕公率领各诸侯，把太子请到先王的庙里面，告诫他文王和武王建立周朝很不容易，作为君主，必须好好治理国家，要勤于政事，生活要节俭，不能有过多的欲望，做事情要守诚信。太子接受了这些教诲，并承诺自己以后一定会做一个英明的君主。这样，召公和毕公作为顾命大臣，为太子举行了隆重的登基仪式，他就是后来的周康王。

康王果然是一位很有作为的君主，他继续实行成王在位时候的政策，人民安居乐业，社会安定团结，到处呈现一派升平盛世的景象。

康王让毕公把原来殷商的百姓们分成大大小小的村落，表彰善良，疾恨邪恶，这样村落里面就形成了好的风气。而那些不遵守礼法的，就变更他的居所和田地，让他们有敬畏之心。这样，殷商留下来的百姓过上了比原来太平多了的日子。

康王还开始大力整顿自己的军队，使得战斗力大大提高，于是他不断征伐周边的夷族。

当时北方有一个叫做鬼方的游牧部族，他们的首领经常带领骑兵来侵扰边境，掠夺中原的财物，杀人放火的事情也没少做。他们长期游牧，非常善于骑马，这些骑兵们通常都是在周朝兵力相对薄弱的地方抢完就跑，等待时机又卷土重来，这可苦坏了边境的百姓和士兵们，也给周朝带来了极大的损失和威胁。

为了消除边境的隐患，康王果断地决定发动战争，征伐鬼方。经过两次大规模的战争，周朝的军队杀死鬼方4800多名士兵，俘获鬼方首领四名，普通的士兵13000多人，缴获了很多车马和牛羊，还把鬼方驱逐到周朝都城以西很远的地方。

这样，周朝在成王和康王的统治下，经济发达、社会安定、国家统一、国力强盛，成为周朝的盛世。《史记》中说这一时期天下太平，甚至是路不拾遗、夜不闭户，有40多年都没有用过刑罚。后世便将周成王末年和周康王在位的这一段时间，誉称为"成康之治"。

顾 命 大 臣 的 由 来

成王临终前，让召公和毕公辅佐康王，写了一篇文章叫《顾命》。从此以后，帝王临终前将嗣君托付给宗室或大臣的命令，就被称为顾命，受托付的宗室或大臣被称为顾命大臣。一般才德兼备的贤臣才能做顾命大臣。

周昭王南征伐楚

　　周文王在世的时候，为了扩充实力，四处招揽贤能之人。听说荆方的首领鬻(yù)熊为人贤德，文王就亲自去荆山拜访。此时，鬻熊已经年近90岁，文王把他当作老师，向他请教治国之道，后来武王和成王都把他当作老师。到了成王亲政的时候，觉得应该封爵给鬻熊，不过那时候他已经去世了，于是成王就以嘉奖他为名，封他的后代熊绎(yì)为子爵，称为楚子，楚国就诞生了。

　　楚国刚开始的时候位置偏远，土地面积也小，那里的人很穷，所以周朝王室并不要楚国进贡珍贵的物品，只是象征性地索要一些祭祀用的辟邪之物。因为熊绎的先祖是火神祝融的后代，所以王室让楚子保护祭祀的火把。

　　由于王室的照顾加上楚国首领的励精图治，楚国不但统一了汉水流域，还把长江附近的江、黄等12个诸侯国吞并了。这明摆着不再忠于王室，心有叛逆，加上有些王公贵族也因为楚国处在蛮夷之邦，就轻视楚国人，不与其他诸侯国同等对待，楚国和王室的关系越来越紧张。

　　周康王去世后，昭王即位，他意识到楚国将要成为威胁王室的力量，就想派兵征讨楚国。昭王十六年，也就是公元前964年，有个大臣和多名护卫在楚国境内遇刺而亡，昭王大怒，就号令其他各诸侯率兵南征楚国。

　　这是昭王第一次征楚，他的军队所到之处，当地军民都很害怕，经过几次小规模的战役，就纷纷投降，前来臣服的大大小小的邦国有26个，有一个百濮王曾经亲自来到王宫，表示愿意臣服周朝天子。这一次出征，昭王取得了很大的胜利，不但打败了楚国，还扩大了周的版图。

　　楚国失败之后，依然没有把天子放在眼里，加紧发展自己的军事力量，扩大水军。他们的首领不参加诸侯会议，也不进贡祭祀用品，更不用说去守火把了。对此，昭王极其不满，上次的战役也让昭王尝到了胜利的甜头，他决定再次南征。

　　昭王的第二次南征伐楚，没有通知各国诸侯，仅仅带了守卫镐京的西六师就直奔南方。这西六师是御林军，将士们都是从各地精挑细选出来的，个个久经沙场，骁勇善战。然而经过长途跋涉之后，人困马乏，人数虽然远远超于楚军，几次交锋，都败下阵来，死伤无数。昭王决定班师回朝，在汉水又遇到了楚军的包围，昭王的军队并不擅长水战，加上风大浪大，西六师不战而败。这一仗，昭王带去的军队几乎是全军覆没。

　　昭王回到京城以后，并不甘心，他召集各诸侯再一次出征，这一次大军顺利渡过汉水，直逼楚国。楚国觉得自己的实力和王室相比，还有很大差距，尤其是面对各路诸侯同时出兵，想要胜利那是难上加难。为了保存实力，楚国就决定向昭王投降，使臣带着大量的珍宝来到昭王的大营，表示愿意世代归顺。

由于胜利来得太快，昭王很是高兴，就决定玩两天再回去，随行的大臣们也很向往南方的秀丽风景，就想坐船游览汉水沿岸风景。可是昭王不识水性，也不喜欢坐船，正是烦恼的时候，楚国的使臣对昭王说："大王不必着急，楚国有一种船，很是平稳，乘坐在上面就和在平地上一样，如果大王想要游览风景，可以乘坐此船。"

昭王很高兴，就对使臣说："这样很好，快去送船过来。"

没过几日，使者果然送来一条船，昭王连忙让下人在河水中试乘。这船确实和一般的船不一样，不但船体很轻，放到水里的时候又非常容易驾驭，在船上走动的人一点都感觉不到晃动。昭王和大臣们乘此船游览汉水，只见汉水两岸风景如画，碧水蓝天，真是美不胜收啊，昭王一连玩了几天，都觉得意犹未尽。

这一天，一干人等正玩得高兴，汉水突然起风，水面波涛汹涌，所乘的船也突然散开，昭王和大臣全都落入水中，溺水而死。

这是怎么回事呢？原来楚国使臣派人将木条用胶粘到一起，做成了那条船，没有用一根钉，又在水中浸泡数日，自然就散开了。

王室一直避讳昭王的死，对外只说昭王南巡不返。从此以后，周朝由盛转衰，而楚国则独霸一方，逐渐成为周朝最强大的诸侯国之一。

船 的 产 生

原始社会初期，生活在水边的人以渔猎和捕捞为生，人们需要一种工具到达深水区域猎取更多的食物，聪明的古人见木头和落叶都能浮在水上，就按照叶子的形状用木头做出了最早的水上交通工具——筏子，又称为桴(fú)。后来又出现了独木舟，就是把一个大木头中间刨一个洞，再拿两个扁木板划水。到了商代，出现了木板船。春秋战国时期，出于水战的需要，又有大翼、中翼、小翼、突冒、楼船、桥船等古战船。从此以后，我国的造船业得到了飞速发展。

周穆王西游

昭王南巡,在汉水溺水而亡,他的儿子姬满成为周朝的第五位帝王,他是我国古代历史上最富于传奇色彩的帝王之一,世称"穆天子"。

他在位 55 年,是周朝在位时间最长的帝王。这 55 年中,穆王十分喜欢出游,许多关于他的传奇故事都是出游时发生的。

穆王在位的时候,从西方一个国家来了一个本领很高的人,传说他能走进大火之中却能不伤毛发;跳入深水里能自由行走;穿墙而过那是毫不费力;轻而易举移动大山和城池;跃上云端能够稳稳地站立不让自己掉下来。穆王看到他的表演之后觉得很神奇,就把他留了下来,每天好酒好菜,又献上美女相伴。可是这个人对这里的生活并不满意,没过多久,就请穆王到自己的住所参观,穆王很高兴地应允了。

这一天,穆王来到了一座金碧辉煌的宫殿,看到这座宫殿很是雄伟,到处都镶嵌着各种宝石。这里的一切都是那么神奇,他感到自己的宫殿现在只能用小茅草屋来形容了。想到自己的宫殿,穆王想回家了,他请求那个神奇的人带他回去,那个人轻轻一推,穆王感觉好像从空中掉下去一样,他很害怕,突然醒来,看自己正坐在宫殿里,梦中所见到的奇异景色都烟消云散。他问下人刚刚发生了什么事,下人回答说什么都没有发生,只不过大王睡着了而已。

从这以后,穆王对疆域以外的西方产生了浓厚的兴趣,很想去西方看看,一方面为了加强边防,另一方面他也想亲自了解西域的风土人情。

穆王手下有个车夫,叫造父,是个很著名的养马高手,驾车技术也是一流。他为穆王驯养了 8 匹骏马,分别是:火红色的赤骥、纯黑色的盗骊、纯白色的白

义、青紫色的逾轮、灰白色的山子、鹅黄色的渠黄、黑鬃黑尾红身的华骝、青黄色的绿耳。这 8 匹骏马奔跑起来，就好像背上长了翅膀一样，昼夜可以行驶千里。穆王把这 8 匹骏马当作宝贝，十分喜欢，就封造父为御马官，专门负责天子的马车，每次出行都乘坐造父驾的马车出行，君臣二人相处得很好。

有了好马好车，穆王更想到西域游玩，就率领大批官员和侍从出发向西而行。一行人浩浩荡荡，走着走着，穆王觉得后面部队行使得太慢，就下令让造父加快速度，大臣们苦劝不听。造父也不敢违背穆王的旨意，甩起手中的长鞭，纵马飞驰。随行官员的马哪里比得上这 8 匹骏马，一会儿工夫，穆王的马车就甩开了大部队。君臣二人时而在茫茫原野飞速前进，时而停下来欣赏沿途风光，一阵阵爽朗的笑声传过来，十分惬意，甚至忘了腹中饥饿和旅途的劳顿。

夜幕降临的时候，他们来到了昆仑山，这座山很高大，山顶冰雪覆盖，山下却是牛羊成群，鸟儿飞翔。正在欣赏美景的时候，昆仑山上的一个女首领派人来迎接穆王，说西王母得知穆王前来，特来迎接，希望穆王暂时停止前行，到昆仑仙境一游。穆王欣然前往，在瑶池边上，他看到了一位美丽的女首领——西王母，只见她长发披肩，头戴各色玉器，身披豹皮，和中原女子的装扮不大相同。西王母以最隆重的礼节迎接了穆王。还带他参观了这里的宫殿，又将他迎上瑶池，设宴款待。众人推杯换盏，作诗唱歌，品尝美酒佳肴，欣赏瑶池美景。瑶池就像一面镜子一样明亮，那大片大片的草地，望也望不到边，这里的景色也同中原有很大差异，穆王被奇异的美景陶醉得乐不思归。

几天之后，穆王不得不离开了，西王母与他约定以后常来常往，他将随行带来的大量丝织品和中原特产等珍贵礼物送给西王母，西王母也送给他当地的特产，其中就有4只白色的狼和四只白色的鹿。

穆王这一次西游，来回行程有35000里，花掉了543天的时间，也是有记载的中原和西域最早的往来。

据说穆王活了105岁，他一生除了西游，还四处征伐。一方面扩大了周的领域，使王室威震四海；另一方面也花费了大量的财力物力，财政方面就越来越弱了，周朝的全盛时代也从此终结。

古老的交通工具——马车

马车的历史极为久远，我国在商代晚期已使用双轮马车，马车的速度取决于马的速度，马越好车速越快，一般是一小时近20公里，最快时速可达60公里，可连续奔跑100公里。一般马车一天能行驶200多公里，但当有急事，并在驿站换好马昼夜不停地行驶的话，最快一天可跑1000多公里。一直到19世纪，马车仍然是十分重要的交通工具，后来随着蒸汽机的出现，人们制造出火车、汽车等现代交通工具，马车的黄金时代宣告结束。

偃师造人

周穆王西游的时候遇到的奇闻怪事可多啦，除了在昆仑仙境遇见了西王母以外，他还在路上遇上不少能人异士，其中有一个叫偃师的人，当真是很奇特，他是我国古代最神奇的机械工程师。

穆王西行的部队离开昆仑山之后，又向西行走了一段路程，都快到了传说中的日落的地方，穆王才下令返回。回来的路上有人把偃师献给了穆王，穆王对偃师很有兴趣，就问他："你都能做什么呢？"

偃师不紧不慢地回答说："大王让我做的，臣就尽量试着做，不过臣已经造出来一些东西，愿意献给大王，希望您先看看它。"

穆王一听，急忙对偃师说："你明天把你造的东西都拿来，我们一起见识见识。"

见天子下令，偃师自然答应。

到了第二天，偃师早早地就来谒见穆王，这次他还带了一个人来。

穆王见状就问："和你一起来的人是谁呀？"

偃师说："这是臣造的一个能表演歌舞杂戏的人偶。"

穆王很惊讶，他只知道偃师今天会带来自制的东西，本以为是一些小玩意，没想到偃师带来的是一个会唱歌跳舞的人偶，而自己刚刚还把这个人偶当成了真人。真是太不可思议了，他急忙让偃师演示给他看。

只见那人偶前进、后退、前俯、后仰都和真人一模一样。偃师掰动它的下巴，它就能够和着音乐唱起歌来，调动它的手臂，它就会随着节拍摇摆起舞，表演起来千变万化，想让它做什么就能做什么。穆王看得目瞪口呆，感觉十分惊

奇，他自己看还不过瘾，赶紧派人把他宠爱的姬妾请过来一起观看。

表演将要完毕的时候，那个人偶向穆王一左一右两位姬妾眨了眨眼，这下子穆王十分生气，心想：竟敢调戏我的姬妾，真是该死！他认为这个活灵活现的人偶根本就是一个真人，偃师还真是大胆，竟敢欺骗我！

穆王下令将偃师处死，偃师很害怕，赶紧将人偶拆开给穆王看。穆王见这个人偶果真不是真人，而是由皮革、木头、胶漆和黑白红蓝等颜料制成的，这下才平息了怒火，好奇之心驱使他走上前去，将人偶仔仔细细地看个明白。原来这人偶外部有筋骨、皮毛、牙齿、头发，腹中有肝、胆、心、肺、脾、肾、肠和胃，真人有的，人偶也有，只不过这些都是假的。偃师把破碎的零件重新组合好，又是一个活生生的人偶，就像最初见到的一样。穆王试着将人偶的心拆走，人偶的嘴就无法说话；拆走肝之后眼睛就看不到东西；将它的肾拆走，双脚就无法走路。

这下周穆王终于心悦诚服，大叹道："偃师的技术巧妙得和造物之神一样啊！"于是派人叫了两辆车，载着偃师，继续前进，往都城方向走去。

木甲术和机关术

偃师制造人偶的技术被称为"木甲术"，可惜早已失传，一直到春秋战国时代，又出现了"机关术"，就是利用机关来控制机械，在生产生活和战争当中使用。当时鲁国能工巧匠鲁班发明了很多工具，如攻城用的云梯，而墨家之祖墨子也发明了许多巧妙之物，他曾经精心研制出一种能够飞行的木鸟。两个人都认为自己的技艺已达到前所未有的最高水平，然而禽滑厘把他所听到的偃师技艺之巧，告诉了他们，从此，二人再也不敢自夸了。

国人暴动

扫码查看
☑ 中华故事
☑ 典故趣闻
☑ 能力测评
☑ 学习工具

　　周朝的王位一代一代传下去，到了公元前878年，传位到周厉王这里，已经是第十代帝王了。

　　周厉王继承了王位，却没有继承先祖文王的仁爱。他在位期间，周朝的经济不景气，可花钱的地方还不少，怎么办呢？大臣荣夷就出了这样一个主意：本来是公有的山林水泽，现在统统收为王室所有，不许人进山砍柴打猎、下水打鱼。谁要做这些事情，就要给钱。这个政策不但加重了对平民的剥削，就连一些贵族的权力也被剥夺了。

　　这时候，大夫芮良夫就去劝厉王，他说："大王，王室怕是要开始衰败了，那个荣公喜好钱财，却没有忧患的心，不知防备大的祸患，不能任用他啊。财富是从各种事物中生产出来的，是归天地自然所有的。要想独自享有，那就会有大的危害。万物都应该得到一份，怎么能一个人独占呢？这样独占会惹怒很多人，国家还能长久吗？即使是把各种财物都公平地分配给大臣和百姓们，让他们得到应得的那一份，都怕招来怨恨呢，还要每天小心谨慎。所以书上说'后稷种植五谷，养天下百姓，功劳好比天地那么大，人们没有不崇拜他的'。我们的先祖在广施钱财的同时心存忧患，才把周王朝发展到了现在，如今您想独享财富，这怎么行呢？普通人独占财富，会被人称为是强盗；大王您要是也这样做，那天下归顺您的人就越来越少啦。"可惜，他对厉王的这番长篇大论，并没有起到任何劝谏的作用，厉王根本没有听进去，随手就把大夫芮良夫打发了。厉王还是任用荣夷做了卿士，掌管国家大事。

　　这样的政策一实行，国人自然有许多不满，就开始私下议论，抱怨厉王的

做法不对。召穆公见状就进宫劝厉王说："百姓都忍受不了,大王如果不赶紧改变政策,后果可不堪设想啊！"

厉王大怒着说："哼！我让他们说！"

为了堵住国人的嘴,不让他们议论,就派大量的侍卫扮成老百姓来监视国人,谁议论就把谁抓起来杀掉。议论的人少了,可是诸侯们也都不来朝拜了。

到了后来,这个命令执行得越来越严格,国人们都不敢说话了,要是在路上遇到了熟人,也只是眼神交流一下。

厉王看到这样的结果,很是高兴,就对召穆公说："看到了吧,我能够让那些议论的人闭嘴,他们现在都不敢乱说话了。"

召穆公见厉王做这样昏庸的事,就劝告他说："这只是暂时堵住了他们的嘴而已。堵住百姓的嘴不让他们乱说,比堵住河水更难啊。汹涌的河水一旦积水过多,就会冲破堤坝,那样受到伤害的人必定很多,百姓也是一样。治理河水,要用疏通的办法,管理百姓,要让他们说话。因此天子在处理政事的时候,大臣们各

抒己见,然后君王再考虑政策要不要实行,做事情是不能违背事理的。百姓们有嘴,就像土地有山川河流,财富就来源于这里一样;又好像土地有广阔的原野和肥沃的土地,衣服食物就从这里生产出来一样。嘴就是用来发表言论的,不管好的坏的都是从这里说出来的,要实行好的,防止坏的。百姓们心里怎么想的,嘴上就怎么说的,要听他们的意见来做事,怎么能堵住他们的嘴不让说呢?如果强行堵住他们的嘴,又能堵到什么时候呢?"

召穆公这番劝诫的话,厉王又没有往心里去,还是一意孤行,甚至变本加厉,不断地杀害议论和抱怨的人。

国人们的积怨越来越深,不到三年,他们再也无法忍受下去了。公元前841年,周朝就发生了大暴动,暴动的人群来到王宫。厉王见他们来势汹汹,就逃到了周朝的边境彘(zhì),就是今天山西霍县东北这个地方。

厉王的太子躲在召穆公的家里,被国人知道了,他们把召穆公的家团团围了起来,让他交出太子。召穆公只有忍痛让自己的孩子代替太子出去,太子才活了下来。

厉王后来死在了彘,落得个暴君的骂名,先王们辛辛苦苦建立起来的周王朝,也越来越衰弱了。

大夫 大(dà)夫,周代在国君之下有卿、大夫、士三等;各等中又分上、中、下三级,大夫是世袭的,还有封地。后来大夫就变成了官职的名称了,比如秦汉时期就有了御史大夫、光禄大夫这样的官职。其中御史大夫负责监察百官,代表皇帝接受百官奏事,管理国家重要图册、典籍,代朝廷起草诏命文书等,职位很高。

周幽王烽火戏诸侯

公元前781年，开始了周幽王的时代。当时国家接连发生几次大地震，又连年发生旱灾，人民四处流亡，本来就摇摇欲坠的国家更加动荡不安了。周幽王又是个贪财好色之徒，整天想着寻欢作乐。

褒国有个叫褒姒的美女，长得面若桃花又能歌善舞，于是褒国人将她献给了周幽王。周幽王见了褒姒，非常喜爱，封她为妃，十分宠爱她，凡事都依着她。可是褒姒自打进了王宫，就没笑过，整天冷着脸，好像冰霜一般。周幽王想尽一切办法，可是褒姒依然终日不笑。周幽王就悬赏求计，谁有办法让褒姒笑一笑，就能得到赏金千两。有个叫虢(guó)石父就替周幽王想了一个馊主意，让周幽王和褒姒去镐京附近的骊山烽火台试一试。

这一天，周幽王带着褒姒登上了骊山烽火台。只见虢石父一声令下，守兵点燃了烽火，转眼间，附近的烽火台也相继点起火来，狼烟四起。原来这烽火就是警报，烟火一起，就是敌人入侵。附近的诸侯只要见到了烽火，就赶紧带领兵马前来解救京城的危难。

果然，各地诸侯一看到警报，还真以为敌人过来侵扰，就立刻带领本部兵马赶来救驾。可是到了骊山脚下，

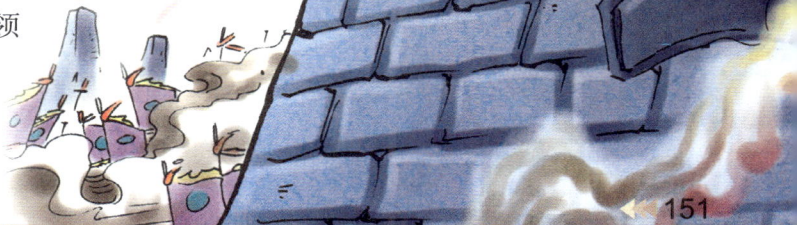

连敌人的影子也没见着，倒是山上传来奏乐和唱歌的声音。诸侯们抬头一看，周幽王和褒姒正坐在高台上饮酒寻欢，好不热闹。诸侯们才知道原来是被周王给耍了，心里很不痛快。

褒姒见诸侯们在下面乱成一团，不由得冷笑了一声。周幽王一见，美人笑起来可真是貌若天仙啊，心中大喜，立刻赏了千金给虢石父。

褒姒生了一个儿子叫伯服，周幽王为进一步讨褒姒的欢心，就废了王后申氏和太子宜臼，册封褒姒为后，立伯服为太子。周幽王还想出兵攻打申后的父亲申侯，申侯得到这个消息，决定先下手为强，联合了西北夷族的犬戎，攻打镐京。周幽王一听犬戎进攻，吓得赶紧命令烽火台点燃烽火。可是诸侯们因上次受了戏弄，这次都不相信周幽王了，没有一个派救兵过来。

犬戎兵一到，守城的官兵招架不住，躲的躲，逃的逃，周幽王也急急忙忙带着褒姒和伯服，从王宫的后门逃了出来，奔往骊山。逃不多远，犬戎兵就追了上来，当场就将周幽王砍死了，褒姒和伯服也难逃厄运，纷纷被杀死。

当邻近的诸侯们看见王宫起火了，才知道是真的出了大事，只是为时已晚。被废黜的太子宜臼被推举为王，他把都城迁到洛邑，西周就这样结束了。

可怜周幽王这个昏君，因为烽火戏诸侯，最后不但把自己的命丢了，就连国家也没了。

烽 火 和 烽 火 台

古代边防军事通讯的重要手段，烽火的燃起是表示国家战事的出现。烽火台多建在边境上，遇有敌情通过相邻的烽火传递信息，又称烽燧，俗称烽堠、烟墩。白天放烟叫"烽"，夜晚放火叫"燧"。特别是汉代，为了防范匈奴，朝廷非常重视烽火台的建筑。